ネギ・山次郎の
始末書

髙橋則夫
TAKAHASHI Norio

文芸社

目次

Ⅱ　山次郎の趣味について　32

第一章　和賀川——自分史、事はじめ

Ⅰ　回想——若き日のこと

私の故郷・和賀川について

和賀川は、北上川が岩手県と宮城県にまたがり南北に延びる大河川であるのに対して、西東の流れである。奥羽山脈を水源にして北上市（岩手県）の九年橋の所で合流する北上川の支流である。また北上川が国道四号線と並行した流れに対して、和賀川は国道一〇七号線に並行して流れている。国道一〇七号線には、並行に設置されたものに、もう一つ鉄道がある。以前はその名を横黒線といったが、今は北上線といっている。

私の生まれたのは和賀川沿いの江釣子《えづりこ》村で、黒沢尻の隣に位置する直径八キロほどの小さな村であった。村には北上線の江釣子駅があり、江釣子神社、それに日月山全明寺という曹洞宗の禅寺がある。

和賀川には岩手の五大ダムのうちの一つがあり、その名を湯田ダムという。そのダムの材料である砂と砂利を、我が村から採取するために索道を設置して二四時間稼働させていて、私の高校受験の夜などには、カラン、コロンと遠くからその音が聞こえてきたものだ。それは高校一年生の夏休みの宿題で提出した作文の「流れ」の一節の、「流れに人の手が加わった跡が見えた」に繋がっているのである。

義務教育の九年間、そして進学を断念

小学一年生の時の担任の先生は、女の先生であった。確か鈴木先生といったと思う。自分の名前だけは書けて読めるだけの状態での入学であった。ただし算数だけは二年生ほどの実力があったと思う。二学期になっても、「ひらがなが読めない」と通信簿

に書かれたと家に帰って言われたことを思い出す。町場の同級生は最初から読めていて、つらい時期であった。

二年生では男の先生が担任であった。順番に何か意見を言うことであったが、自分の順番が近づいてきた時、恥ずかしいので教室を出ていき、自分の順番が終わった頃に教室に入ろうとしたら、入れてもらえなかったことを思い出す。自分の意見を言うことを極端に嫌う性格だったようだ。

三年生で親切な恩師、小原英一先生に出会った。三年では算数の九九を習った（今は二年で習うようだが）。私の場合は姉や兄の影響もあったのか、早く覚えてしまったのだ。覚えることが苦手な級友たちを並べて順番に九九を述べさせ、不完全な人は再度覚えてから並び直すなど、先生の代わりみたいなことをやったりした。この頃から自分でいうのも何だが、勉強で頭角を現してきたように思う。

小原先生には六年生までの四年間受け持ってもらった。三年ほど前のお盆——今思うと姉の昌子が参加した最後のお盆だったのだが、当時のことを先生は「のりおは何も心配はいらない」と言っていたと姉から聞いて驚いた。知らなかったことを思い出している。

その後、小学校を卒業し、中学一年の時、進路調査があった。進学の希望を書く欄があり、その時考えた。進学は無理だ。夜学のことも考えたが、その頃急性腎臓病になり、その他にもいろいろあって進学しないと結論づけた。そして進学しないのだから英語の勉強はしない。その代わりに好きな数学は誰にも負けないくらい——もちろん進学組の誰よりもできるようにしようと考えた。これが我が人生で最初の、悲しく、さびしい決断だった。

中学の三年になって進学組と就職組に組み分けされた時、担任の羽沢先生に進学組に行くよう言われたが、進路は変えなかった。その他に勉強する道はいろいろあったが、結果的に駄目だった。ただ妙なことに、自分は将来、大学へ行くような気がしていたことを覚えている。

中学三年生の頃のことをもう少し書くと、我がクラスB組には秀才Mがいて、彼は学年の四クラス二〇〇名のトップで生徒会長であった。級長は私、「のりお」である。学年の位置付けとしては、運動部長で科学部ののりお、文化部長はバレーボール部の、名前は思い出せないが第二小学校出身の女生徒であった。

当時は高校進学率が三〇パーセントの時代で、少しばかり成績が良くても進学できない人は相当いたと思う。逆にそれほどでもない人でも進学できた人もいた。スタートぐらいは平等にしてほしいと強く思った。

初めての東京生活——集団就職、金の卵と言われた時代

中学を卒業して、汽車に乗り東京で集団就職することになった。

汽車の中、黒沢尻駅でテープやら折鶴などを受け取った。多くの父兄が見送る中での華やかな別れだった。途中の仙人駅辺りから同様に東京へ行く生徒たちが乗ってきた。横川目、藤根と我々と同じ仲間がいたが、江釣子は派手だったのか注目を浴びた。

東京までの旅で学校ごとに目立つ人間がいて、序列ができていた。上野駅に到着するまでに他校の女の人たちも寄ってきて、東京の住所を聞くなどをしているうちに上

野に到着。私たちは上野近くの見知らぬ小学校に集められ、それぞれの職場へと散っていった。この時の様子を、あとで学校に書いた手紙の中で「疲れた牛のようだった」と書いたことを覚えている。

職場は板橋区のU精機株式会社で、会社名から分かるように機械加工をする会社であった。中卒の採用は女性二人を入れて一〇人であった。私の配属は旋盤工で杉本組といい、四人であった。今はモーター直結だが、当時はベルト伝動で二〇台ぐらいが繋がっているものだった。募集の際は、確か夜間学校に行けること、給料は月給制などと書かれていたが、実際には時間給で毎日二時間の残業があり、世の中とはこんなものかと思った。

寮の生活で一番つらいのは食事が少ないことであった。それならパンを買って食べればいいようなものだけれど、同級生に出す手紙代などの出費もあり、買えなかった。会社を辞めて故郷に帰ってきた時の写真を見れば、五キロぐらいは減っていたのではないか。書き忘れていたが、残業を二時間した人にはコッペパン一個が支給された。

東京の生活が半月ぐらい経過した頃、近所の写真屋でポートレートを撮影して級友に送った。学生服に学帽を被り、包帯をした手の写真を見て「則夫はケガをしたらしい」と、噂になったらしい。穴あけ用のボール盤のドリルで指をこすったのだ。

会社に入った人たちは化粧品店にいくようになり、整髪用のポマードとか液体の香料とか、わけも分からずに使うようになった。あとで考えると、頭の毛が薄くなったのはあの時の薬品が原因なのかなと思ったりしたものだ。

寮には窓に鉄格子があり、いろいろの不満があったためストライキをしようということになった。窓の鉄格子を外し、みんなで話し合ったが、黒沢尻出身の二人がストライキに応じなかった。そんなこんなで、たぶんストライキにはならなかった。

働き出して一年半でU精機を退職し、故郷へ戻った。

会社を辞めた原因としては、仕事の内容と、自分がメガネを掛けていることで将来に希望が持てなかったことと、杉本組の二人と仕事のでき合いの分配でトラブルになったことだった。

会社を辞めて田舎に帰る時に、たまにパンなどを買っていた個人商店に寄った。ここには同級生ぐらいの年で比較的おとなしくてかわいい女の子がいるのだ。会社を辞めて田舎へ帰るのでと挨拶をしたら、その子はだまってガムをくれた。普段は用件しか言わないのに、この時だけは「あなたの出身はどこですか」とか聞きたいことはいろいろあった。けれど、何も聞けずに「ありがとう、元気でね」としか言えなかったことが、東京の思い出の中でも特に今でも残念でならない。その後、あの子はどんな人生を送ったのだろうか。

東京行きの列車内で連絡先を交換していた横川目の女の子から手紙が来た。「私は音楽が好きです」と、歌詞とか音符などいろいろ書いてきたので、返事は書いたがそれきりだった。

そして二年が明けて五月頃だと思うが、その子が私の家の二軒隣のS商店に来ているではないか。通常の挨拶をしたけれど、この時私は黒沢尻工業高校（黒工）の学生帽を被った学生であり、ただ顔を見ただけで無言の別れであった。

歴史から消える部分——F商店時代と高校受験

東京にいた時点では、田舎に帰って自動車整備士になるという夢があった。兄にはその旨を伝えていたが、地元にはそんな職場はないと伝えられていた。そうしたどうにもならない現実があって、何日か寝たり起きたりのダラダラした生活をしているうちに、進学した人たち男女六人ほどが家に来てくれたことがあった。アルバムを出して東京の生活を話したことは唯一楽しい時間であった。

そうしているうちに、職安——今のハローワークで就職先を探して機械販売の会社の面接を受けたのだが、駄目だった。

そのうちに「F商店」に勤めていたSさんが来て、アルバイトでもいいので、うちの店を手伝ってほしいと言ってきたので、その話に乗ることにした。

F商店は、北上市の有名な瀬戸物店で、あとで知ったところによると、近江商人の末裔とのこと。店に行くと「願ったり叶ったり」と、店主がえらく歓迎してくれた。

店には黒工の夜間部に通う、今は名前も忘れたが年齢も同じ人もいた。
二、三日働いてみて、どうせなら住み込みで働こうということになった。他の住み込みの人は私と同じように東京帰りの、一つ年上の人だった。その人の使いで県立南高校（元女学校）の女学生の家に店の商品をプレゼントすることがあった。いやだったが、その頼まれた用事を実行した。しかし結果はよくなかったようだった。
働いているうちに、こんなことをしていていいのだろうか、と思うようになった。店員のままで将来の生活が成り立つのだろうかなど、いろいろと考えることがあったのだ。店では、食器や美術品で唐津焼とかいう一個数万円もするような物や、建設用の土管とかの販売、タイル職人を雇って風呂、浴室を作る仕事や、和賀仙人の工場に見本を持っていき注文を取ってくる商売もしていた。

嗜好品としてお茶やコーヒーも販売していた。お茶は茶箱で仕入れて、店員が袋詰めしていた。袋詰めにすると細かい粉が残るが、高級茶（玉露）はそれを粉茶として販売していた。四〇〇グラム四〇〇円だったか……今では定かではないが。

たまたま一人で店番をしていた時にやってきたお客で、バスが来たと急がされて、一〇〇円で四〇〇グラムの粉茶を持って逃げるようにして店を出ていったオバちゃんがいたことを思い出した。たいがいの寿司屋で飲むお茶は粉茶である。

給料は安かったが、生活に必要な石鹸とかは支給されたし、夕食時ラーメンの時は食べ放題にするなど、商売人の人使いは上手であった。ただ、商人として独立するならともかく、ずっと使用人として働くのでは今後の生活が成り立たないなと、考えざるを得ないのは当然の帰結であった。

一〇月中頃からのF商店の生活であったが、やがて忘れられない日が来るのであった。

それは翌年の一月一〇日、寒い日であった。寝床から「がばっ」と起きて、中学の恩師である羽沢廣志先生の家を訪ね「高等学校へ行きたい」と言ったのだ。

先生は「昼の学校にするか」と言われた。意外な言葉であった。先生は「参考書は全部用意するので取りに来なさい」と言われた。そして今度は、職場に黒工を受験したい旨を伝えた。すると店の主人から、条件を言い渡された。「もし黒工を受験して入学できなかったら、この店に入ること」と言われた。

この店に希望が持てないから学校に入ることに決めたのに、失敗したらこの店に入ることが条件だという。「そんな馬鹿な話はない」と言いたいところであるが、そこは大人の約束で、私はその条件を呑んだのであった。

私が中学を卒業した時、昼の黒工の機械科への入学者は二〇〇人中トップと二番のM、Tの二名のみであった。公立の普通高校は黒沢尻高等学校（元黒沢尻中学）で、今では進学校の黒沢尻北高校になっているが、当時は大学に進学する人など少なく、そのほとんどは高校卒業で就職したものである。

とはいえ、就職となれば黒工が有利であった。夜間部は応援歌も独自のものがあるなどの伝統校であるから、入学するには現在の黒沢尻北高校と同等の点数が必要と聞いていた。だから、三月中旬の入学試験までというスケジュールでの勉強に挑んだ。

試験に失敗すれば私の将来はないと思い、毎日（今日はこれで寝ていいか）確認をしながら過ごした。隣の家には南校を受験する人がおり、遅くまで電気が点いていたとあとで聞いた。試験当日は下痢のため試験時間中に手を上げてトイレへ行った。試験官の先生が付いてきた。それでも答案は書けていたので自信はあった。

合格発表の当日はＦ商店の女の人たちが見にいってくれた。自分が見にいくことはさすがにできなかった。合格の名前があったと聞いた時は、本当に嬉しかった。これで主人との取引にも勝利したのであった。

再スタートの音が――卒業式と新たな出発

話は中学を卒業する時に戻るが、印象深かった出来事を高校一年時の文章で再現し記しておく。

ジッと和賀川のほとりに座って、僕は流れを見つめている。きれいな水だ。二年前の流れとはだいぶ変わっている。人間の手もいつの間にか加わっている。

僕は「オーイ」と呼んでみた。

もうあの頃は戻ってこない。もうすぐ三年になるよなぁ。中学卒業の頃、就職の人たちは和賀川へ行ったっけ。そして繋いであった舟を引っ張り出して漕いで、ゆかいな話に花を咲かせていたものだ。

あの時、あやまって舟から飛び込んだのだ。雪がなかったが、寒い日だったのも、また確かだ。卒業式が近かった時期のことである。

寒いのでそこいら辺りから木の枝を折ってきては、体を暖めようとして燃やした。遠くの方から「あぶないからよせー」と言う声が聞こえる、でも燃やした。なにせズボンを乾かす必要性も多分にあったからだ。

どんな話をしていたかもう忘れてしまったけれども、ズボンの燃えるのに気がつかなかったほど話に熱中していたのだった。

そして幾日か過ぎた。卒業式と謝恩会を滞りなく済ませて教室に帰ろうとした。しかし運命のいたずらとは、こんなものだろうか。「ちよっと」と担任の先生が僕を呼んだ。舟で遊び、服を乾かすために枝を燃やしたのがバレたのだ。「代表して、君があやまりに行ってこい」と先生が言った。

そんなことがあって、みんなが泣き伏したあの日、僕はみんなと共に泣くことができなかった。先生と船主の家にあやまりに行ってから教室に帰ったら、他のみんなはいつ頃から泣いているのか、まだ盛んにわめきながら泣いていた。僕も泣く寸前でこらえていたのだ。みんなと別れるんだなぁーという実感が心の内に盛り上がって息をつまらしていたのだ。涙にぬれたあの子の顔がかわいらしかった。なぐさめようとしている男子生徒もまた、いじらしかった。

そして一週間後、悲しさの中を級友に見送られながら集団就職列車に乗った。列車の音と共に別れのテープも切れちゃった。あの頃を思い出す時、一コマ、一コマが胸にせまってくる。上野に着いた時、気のぬけた牛のような気がした。「これが人間だろうか」と自分で自分を疑ったものだ。

そして一年六カ月、不満と不安を抱きながら………U精機で、自分なりに一所懸命働いたのだった。

「どうして、そうなんだよう」とあの時、事務所にいた専務を怒鳴りたかった。

働き出して一〇日を過ぎた頃、そろそろ残業をやれと言ってきた。今もって不思議だが、寮長は何も言わなかった。でもよかったのかもしれない。どんな人でも仕事をしている。社長だって専務だって寮長だって、それなりに生きているのだ。僕はまだまだまだこれからなのだ。

こうして昔を顧《かえり》みるのも、僕にとっては嬉しいことなのだ。

現在よりも過去の美しい思い出を、現在よりもと未来の幸福を追っている一人の男なのだ。もう僕の同級生は、今年限りで高校を卒業だ。そしてもうそろそろ一人前の腕と、もうちょっと、の努力をしている頃、そして女性ならそろそろ嫁さんに行く支度をしている頃、一人の男――僕は、学校の門をたたいたのだ。

でもあの頃を思い出す時、今ほど気軽に、そして希望を感ずることはない。アルバイトだって、寝る時間が少なくなった今では楽しいんだ。

転んだ後の再出発は……高校生公務員の誕生

自分なりの勉強の仕方で頑張り、黒工の定時制に入学できた。履修期間は四年である。自分と同年の人たちが三年になる時に、私は一年生として入学したわけである。普通であれば、恥ずかしいとか感じる年頃かと思うが、私はそんなことは少しも思わなかった。教員も立派な人たちが揃っていた。

今でもはっきりと覚えているが、化学の先生だけは全日制の昼の先生であった。私は物理と化学が好きで成績も良かった。英語については、中学ではほとんど興味を示さなかった。勉強をしようとしなかった理由は英語の十分な知識もなかったからだ。

集団就職した東京の寮でも発音記号から初歩的な勉強はしていたが、学校でやるように効率良くはできなかった。

それでも工業高校の英語の授業の時間数は少なく、それほど困難はなかった。特にたまに教科書に出てくる英語の詩は、韻をふむ箇所などが好きで心地の良いものであった。一年の同じクラスで特に英語が得意な人を含めて、二年になる時に三、四人が昼の全日制の一年生に移っていった。彼らは昼の入試に失敗した人たちであった。

学業と両立して勤めていたが、F商店は、二年の秋頃に辞めた。そして、順調に三年まで来た時、私には公務員試験を受けて東京へ行き、大学を目指すという希望があった。実際に、途中で公務員になり転校して、大学を目指すコースがあることは理屈のうえでは可能であるのは分かっていたので、準備だけはしていたのである。

まず、東京で公務員になるために首都圏での採用を目指し、試験地は岩手から最も近い水戸にしようと決めた。F商店を辞めたいと何度か主人に申し出たところ、「三回言われたので認めます」と承諾をもらった。そういう内規があったらしい。Tさんに送別会用の小遣いを渡し、バーのような所で二人きりの送別会をした。

F商店を辞めてからは、ハイキングクラブのY君の口利きでA商店で牛乳やアイスクリームなどの卸をやり、その後は測量の助手をした。

その後はT鉄工所で、東京で磨いた腕を生かしたアルバイトをした。鉄工所での賃金は、F商店の時の二倍以上の三〇〇円をちょっと越すぐらいだったが、それでも公務員試験を受けるための旅費などが足りなかった。そこで、ダブルでアルバイトをしたこともあった。

結果的には人事院の初級公務員試験に受かり建設省に入り、学校は都立の向島工業高校に転校できた。ちなみに、転校試験は英語と数学であった。こうして高校生公務員が誕生したのであった。南の空に輝く金星のように、私の人生で最も誇り高い時代であった。

父母について

ここで、父・熊五郎と母・トメオについて書いておく。

幼児の頃、たぶん四、五歳の頃だと思われるが、明確な記憶として残っていることは、飴玉を買う金をせびる私に対して、父は駄目と言い、母は父に従って、結局は買ってもらえずに購入を断念したことだ。私の子供時代を通して、父からお金をもらった記憶がない。母からももらった記憶はないが、当時大きな飴玉が五〇銭だった。何度か食べた記憶があるので、お金をもらったことを私が忘れたのであろうと思う。ただ、母が生きていた頃にシマウマの表紙の絵本を買ってもらったことは、鮮明に覚えている。

父には算数の割り算を教えてもらった。父の仕事は石工であったので、石用のノミは自分で〝ふいご〟を吹いて鍛冶をして修理していたわけであるが、その時「鉄は燃えるか」ということで意見が対立したことがあった。中学の頃だと思う。父は「燃える」と言い、私は「燃えない」と言った。鉄が燃えるか、燃えないかなど、普通の人間では議論の対象にはなりにくいが、父は経験的に、燃えることを知っていたのである。鉄が燃えるのには一四〇〇度前後の高温が必要と思われるが、鉄が急激に酸素と結合して火花として散った場合は、燃えたと判断してよい。

ちなみに、ゆっくり酸素と結合した場合はサビるのであって、燃えるのでない。私が鉄は燃えないとした論拠にしたのは、製鉄する溶鉱炉で鉄が燃えてしまえば製鉄が成立しないと思ったからであった。しかし、これは量の問題であって、議論の中心議題ではないのである。私の完敗というべきで、七七歳になった今、初めて父に「ごめんなさい」と言うことにする。

私は五歳で母を亡くした。病名は赤痢、法定伝染病である。旧岩崎村の祖母の家にダイコンか何かの野菜をもらいにリヤカーを引いて出かけた帰り道に、喉が渇いたので山の水を飲んで病気に罹ったのだそうだ。

思い出として残っているのは、いつも昼になると家に帰ってきて、食事のあと、母が添い寝してくれたことである。しかし気がつけば、母がいないと言って泣いていた。いつもその繰り返しであった。

父方の祖母について

次に父方の祖母に関して簡単に記しておく。

名はミヨ（以後、バアと表記）という。母が五歳の時に亡くなったことは先に書いたが、そのために、私にとっては母代わりをしてくれた人であった。バアは、自分の子供四人と孫四人（本当のことを言えば五人であったが、私の弟が二歳で亡くなった）の母親役をやってくれたのであった。

明治生まれで、学校で勉強をしたこともなかったので苦労したのか、バアは、学校の勉強について、私たちに最大限の環境を作ってくれた。が、何せ貧し過ぎて何事もどうにもならなかったというのが実態であった。いろいろ書きたいことはあるけれど、ここで書き尽くすわけにもいかないので、お礼を一言言って終わりにしようと思う。その愛は、深く忍耐のいるものであった。

ありがとうございます。ご苦労さまでした。

Ⅱ　山次郎の趣味について

ダンスについて、あれこれ♪

その一　聖書の言葉――「狭き門より入れ」

私が初めてダンスを踊ったのは、今でもそうだろうか、中学校の体育の時間だった。現代では戦後教育の影響で自由や平等などが強く叫ばれているが、七〇年ちょっと前まで日本は戦争をしていた国だった。今はウクライナという国でその戦争が現実に行われている。なんということか、理由は何だろうか。一方的な勝手な理由で宣戦布告もなしに突然のように病院や学校、挙句の果てに原子力施設までも攻撃して、今や攻撃する対象も探すのも大変というような状態なのではないだろうか。

つい横道に迷い込みそうなので、話をダンスに戻そう。

私たちがダンスをした当時の状況というのは、歌謡曲では「青い山脈」が流行《はや》っていた。国語の時間では、クラスの女の子から男子宛に手紙を渡すというゲームを先生が考えだして、実際に女の子の手紙を見ることができたのだが、先生がブレンドして誰が誰に出した手紙かは分からないよう当然の配慮がされていた。が、この企画は生徒に非常な人気があった。

その一方では黒工の生徒が中学の生徒を妊娠させて退学になったとかいう話も話題になった。『太陽の季節』（石原慎太郎）の記述の中で、男の射精で障子まで届いたとか、穴を開けたとかの物語の一部だけが噂として広がっていた時代でもあった。……また、横道街道にそれてしまった。

中学のダンスのことに話を戻すと、我が中学の三年B組には、一学年の一〇〇人の男子のうち一〇〇人が「好きだ」というような、大変なマドンナ（Jさん）がいたのである。その子と私の踊る番が来た時のことを、後輩の男の子が「あなたは青くなって踊っていた」と言ったことを思い出した。

「女子のJに相当する男子は誰だったろうね」と言う人が最近私の前に現れた。

今は日本棋院盛岡支部で、先生で通るI君である。そんな発想を、私は少しもしたことがなかった。彼が言うのには、今は花巻にいるK・Sではないかというのである。彼とは喜寿の祝いの会で一緒の部屋であった。また、彼が言うのには、担任の羽沢先生は差別するので嫌いだった、と。どの先生が好きかというと八重樫先生だと言う。

「彼は教育者だからね」と私が言った。八重樫先生はたぶん岩手大学工学部電気工学科の卒業だったと思われる。私が中学一年生の時の英語の先生であった。あとになってから先生は、「英語の免許なしで授業をしていた。大変に申し訳なかった」と謝った。

四〇代の始めの頃、八重樫先生に「どうしてるのか、学校の先生でもしてるのか？名刺をくれ」と言われたが、その時に、「名刺は、今は持っていません。仕事は役所にいます」と言ったけれど、ピンとこないようであった。あの時は悪いことをしたと思った。もっと丁寧に話せばよかったが、先生はもうこの世にいない。

この先生は、たぶん教師を職業とすることを想定せずに、つまり家の都合でその道を選んだ人のように思う。最初から英語を目指したならば、指導の免許を持っていたはずで、免許のない科目の授業をするはずはないと考えられるからである。工学部で電気工学科を選択したのは数学が得意な人だからだ。「たぶん」という言葉を、もう一度使わせてもらうと、工業高校に教員の空きがなく、仕方なく中学の教師を選ばざるを得なかったのだろうと推測されるのである。

八重樫先生は、私が中学三年の時の数学の先生なのである。成績の発表はしないものの噂で聞こえてくるのは、連立方程式の試験で満点の人が一人いる。その人は進学を希望している人ではなく、就職をする人である、と。

そうか、羽沢先生を嫌いな人もいるのか。私の場合はどうかといえば、いっぱい心配をかけたなーと思っている。

ダンスのことを書きたいのに、つい級友のことや担任の話になると夢中になり、私は方向を見失うようだ。

私が中学の時を重要視する理由は、もう一つある。それは社会科の教科書に「中学時代は人生の中で一番重要な時期であるから、心して過ごすように」と、文章にすればそういった意味の言葉が書かれていたためだ。

確かに、それは理解した。そこで私は、日本文学はパスして世界文学を読もうと思った。

ヘルマン・ヘッセの『車輪の下』とか、どこの国か分からないが、ロマン・ロランとか手当たり次第に読んだ記憶がある。アンドレ・ジイドの『狭き門』を、より気合いを入れて読んだのは、F商店時代に黒沢尻北高校を出て、F商店の経理や仕入れとか一切を主人のDさんと二人でやっていた女性がいた。その人の名はY・Iと言い、そのあとで、「あの人は大工さんと結婚したんだよ」と聞いた。その人から薦められて読んだのだった。

二階の事務室は、アルバイトをした三年間ほどの期間では覗く機会はなかった。いや、今思い出したが、Dさんのお母さんが亡くなった年、帰郷した際に線香を上げさせてくださいとお願いした。応接間に仏壇のある事務室であった。

世界の文学の中で、日本人は比較的ロシア文学を好むといわれている。一番大変だったのは、登場人物が多かったことである。私の頭では処理できないほどの人数である。テーマは宗教と男女の愛についてであった。宗教は、日本では——特に東北の片隅に住んでいる人にとっては、甲子園の高校野球と共にやってくるお盆ぐらいであるが、キリスト教の場合は相当に深刻なものであることが分かった。

それから、恋愛というか愛については、これから男女の愛についていろいろあって、やがて結婚をして家庭を持ち子供ができて、その子が成人をして恋をする。「狭き門より入れ」、これは聖書にある言葉である。広い門は誰でも容易に入れるが、それを狭い門から入れ、と言っているのである。つまり、狭い門から困難を克服して進め、と若者に言っているのである。『狭き門』では、我々日本人がほとんど体験できないような恋愛が繰り広げられるのである。こんな恋愛をしてみたい、と当時の私は思ったが、もう六五年以上の歳月が過ぎたし、実際は見合い結婚をした。

「のりおは絶対に、恋愛結婚をする人なのに、なぜ？」と、のちに同級の女の人たちが言っていたと聞いた。

結婚については、聖書の教えに逆らったと言えば日本人としてはカッコイイようにも見えるが、はっきり言えば実力がなかったのである。

その二　社交ダンス事始め

ダンスは男女が組んで踊るのが一般的だが、もちろん男女の割合が違ってもいいし、同性だけで踊ってもいい。フォークダンスというダンスもある。中学で行ったダンスは男女が入れ替わりながら踊るダンスで、音楽というかダンス音楽は、確かレクイエム、これしか思い出せないのである。私の場合は中学から実社会に出たので、ダンスのダの字もない時間が長く続くのであった。

私が社交ダンスと出会ったのは夜間大学（五年制）の一年目の年で、実に中学卒業後七年後の二二歳を迎えようとした時であった。「東京オリンピック」（一九六九年）の翌年だったと思う。大学で何を学びたいのか、というようなことは何も考えていなかった。ただ現実の実態が重なってきた感じがしただけであった。

現実の一部を書いてみようと思う。入学金は一〇〇万円であった。大学を目指して二度目の東京に来たのだから、大学には入りたいが、入学金の工面ができなかった。

岩手から東京までの赴任旅費や夏や冬のボーナス、毎月の給料から貯めていたが、入学金が一〇万円ほど足りなかった。

この一〇万円をどうするか。今、その問題を解決するとすれば、建設省の共済会や奨学金からの借金で処理するのが一番スマートなやり方であるが、その知恵がなかったので、田舎の姉兄を頼るか、一年遅らせて入学金や学費を稼ぐかの二つにしぼられたのであった。

ただ、兄は三歳上で、まだ一人前になっていない。とすれば姉に頼むしかないと思って手紙を書いた。それで入学金は解決したが、そのあとでとんでもないことが起こったのだった。が、今は書かないでおこうと思う。


さて、今はダンスのことを書かないといけないのだった。何とか姉にお金を工面してもらい、学校に入った。そこで、変わった人が現れたのだ。その人は私に一般教養の本を二冊買ったので一つ上げます、と言う。世の中には変わった人もいるもんだなと思ったが、私はまだ買っていなかったし、くれるというのでもらったのだった。

その人が、のちに学校で私の唯一の友達になる人だった。その人の名はO・M。その彼が秋頃にダンス教室に行こうと言い出したのだ。ダンス教室に行ったところ、そこには六〇代と思われるしゃきっとした婦人がいた。その女性が我々のダンスの先生だった。曲目もワルツ、ルンバ、チャチャチャ、ブルースぐらいを一〇日ぐらいで覚えて、同じく練習に来ていた生命保険会社に勤める女性グループを誘ってダンスパーティーに繰り出した。それはO・Mの縄張りである千葉市での出来事だった。その後、生命保険会社の人たちとは、町で会っても「やあ」と言うぐらいでエンドだったが。

私の職場の建設省の労働組合は全建労といって、その道では御三家と言われていた。委員長はストライキの責任を取らされて職員をクビにされた人だった。つまり委員長は、組合費で生活するプロだった。日本では戦後、軍の力は地に落ちてというより軍は消滅した。そこで勢いを得たのは、平和陣営を自称する労働組合であった。

私が建設省に入った頃は、休み時間になればあちこちでマージャンが始まる。そこで時の建設大臣の河野一郎さんは、マージャン禁止令を発令。すると見事に職場からマージャンが消えた。

今、大臣をやっているのは一郎さんの孫に当たる。初代と二代目までは副首相までいったが、三代目の太郎氏は首相には届かないとか届くとか、世の雀《すずめ》はピイチクパーチクとうるさいことだ。ここで、我が職場やら、なにやら、かにやらを書かないと始末がつかないと思われるので一言。

私が選んだ職場は、正式に言うと、建設省関東地方建設局東京機械整備事務所という。これは当時の名称で、今では「国土交通省関東地方整備局東京技術事務所」というはずである。

昭和三八年四月一日、その年に採用になったのは、私と、仙台からのYと新潟からのSの三人だった。Sは高校新卒で、三人のうちの一番の若手で、中央大学の法科の学生でもあった。実家は料亭で、所属部署は庶務課庶務係。Yの所属は工場係三班、私は二班の所属であった。年齢はS、Y、私の順で一つ違いだった。Yと私は共に機械職であった。

Yは、仙台工業高校を出て、最初M工業の販売会社に就職して、そこを辞めて公務員になった。彼は、公務員試験は東北地方での試験だったので、局の機械課長に頼んで東京の私と同じ職場に辿り着いたのだ。大変な手続きを経たことを理解したが、大学を目指すのであればもっと合理的にやる方法があったのではないかと思われる。

そんなことをいえば、「お前だって、東京の生活を一年半もする必要はなく、半年で帰ってくればロスを半分の一年で済んだのに」ということになるだろう。こういうことは一生懸命にやった結果であれば、なんともいえないものだなーと思う。

人生に無駄はないというけれど、人それぞれであると思う。今、こんなことを書いている時に、U精機時代の和賀町仙人の出のO君を思い出した。彼が東京に出てくる時に親戚の人から、三〇歳までは何をやってもいいから、一生懸命やって帰ってこいと言われたという。スケールの大きなことを言って送り出してくれる人もあるんだなーと思った。

ダンスのことも少しは書かなくちゃ、ということで、話を戻して書く。

組合の青年部では、男女の交流のためにダンスが盛んに企画されたが、簡単に踊れるわけでもない。けれど、隠れて踊るようなダンスでも、お互いがただ手を繋いだだけで十分に楽しいのだから、それはもう若い人たちに任せてください。段取りだけは恥ずかしいの部分があるので、そこはオッサンにお願いして、後のことは若者たちでなんとかします——ということで、実施されたのだった。

その三　ダンスパーティーの準備

学校は二七歳の春に予定通りに卒業した。中央線の国分寺駅から支線に乗り換えて二つ目の駅だったろうか、元内務省の陸軍経理学校の跡地に、当時は建設省と警察と自衛隊と三つの組織で分割して、それぞれに研修施設を作っていた。建設省（当時）には建設大学校があった。場所は、現在は一橋大学の国際キャンパスのあるところである。ここまで書いて、待てよ。前段の、その二では向島工業高校の四年から大学の二年あたりの様子の一部を書いたが、年代順に書くと、その年代の二三～二七歳ぐらいの頃がそっくり抜けてしまうこととなってしまう。が、この年代は私以外のことでは、女の子との交際のこととか、恋愛のこととか、いろいろ不都合な点もあるので、一応パスしょうと思う。

ここでは、経過・事象だけにしよう。まず、職場が変わった。昭和四二年の六月に工作課（千葉県船橋市）に異動した。ここで同年のS、一年上のH、二つくらい年下のYがいた海風寮で、日大を出たS先輩と職場の若手で、ダンスパーティーを企画実行したことがあった。いきさつは忘れてしまったが、確か銀行の女性の代表はA子さんとB子さんで、我が方というのは、建設省代表のS先輩と私。まずは四者会談である。

「議題は、『建設省の主催でダンスパーティーをやりたい』。場所は建設省の船橋分室の食堂とする。期日は一二月吉日とし、あなた方と私共との共催とする。準備は一切私共が行うので、当日ダンスを踊れる準備をして時間までに集合してください。私共の連絡は私とし、あなた方の代表はA子さんにしますので、よろしくお願いします」ということで、船橋分室始まって以来のダンスパーティーの準備が始まったのであった。

私が一応の会長ということになったが、私は小学の時から裏方スタッフしかやらないので、キャスト（当日の進行）はとびきり上手いSとHが引き受けてくれた。私がお客さんの対応をしているうちに、Sの開会挨拶と銀行のA子さんの簡単な挨拶があり、次に「私は招待されていませんが、参加しています」と、所属と名前を言った女の子がおり、会場はどっと笑いが起こった。順調な滑り出しだった。

パーティーが終わると、その後何も変わらない日々が過ぎていくのであった。


ここで、二八～二九歳の頃の話を書くことにしよう。えらく話を引っぱってしまったが、あまり期待しないでほしい。どうせたいしたことは書けないのだから。昭和四五年七月関東地方建設局長から、「建設大学校に出向させる。建設大学校長から建設大学校建設部機械科に転任させる」との辞令が出た。

入学の頃から教職の授業を受けるようになっていた。教師を目指していたわけではないが、当時少し好意を寄せていた女性がそんな動きをしていたので、どんなもんかいな、程度の遊びぐらい考えてしていたことが人事課の人の目に留まったのは、意外な効果だった。公務員は学歴変更手続きなどをきっちりとやってくれる……そうだ。ダンスのことを書かなくちゃなんないんだった。

その四　ダンスで振られる？

そんなわけで私は建設大学校に転任したのだが、ここの建設部機械科の科長は千田昌平氏で、土木研究所の研究員から建設大学校の科長になった。この人はまた米国へ官費留学もした方である。機械系の教官はTさんとNさん、Hさん。

教官の下で教官の下働きをしているのが、私と九州地建から来ていたK君であった。名称は助教官。建設部には建設科と機械科があった。部長には部長室があり、科長以下は大部屋。部長以下二〇数名の構成である。

前書きがつい長くなったが、ダンスの話に戻す。

以前「シャル・ウィー・ダンス」という映画があったが、この機械科時代に、私はあの映画とそっくりのことを国分寺駅の付近でやった経験がある。まるで一人芝居のようだったろう。ダンス教室に入ろうか、どうしようか。と、ドアの前で何度も迷って、エイッとばかりに飛び込んで「タンゴだけ習いたいんです」と言ったと思う。

受付で「一時間×××円です、と言われてチケットを買って無事にスタートしたのだ。三カ月ほど土曜と日曜日に通ったように記憶している。

普通は専用のダンスシューズを履くのだが、その時は普通の革靴で通った。靴については、特に何も言われなかった。

そして秋頃のこと、T先生と職場で話し中に「実は私は今、国分寺でダンスを習っているのです。一度見に来ませんか」と、先生を誘ってみたのである。そうなったまでは良かったのだが、その後が良くなかったのである。

機械科の上司に「お前は、どんな女が好きなのか」と聞かれて、「今ダンスを教えてもらっている先生みたいな人」と、つい言ってしまったのである。機械科の中で、「たかはしは、ちと結婚は難しい」ということになったらしいのだが、ここでまさかなことが起こったのである。

T先生が当の先生に直接、「あなたを嫁にほしいと言っている」とかなんとか言ってしまったらしいのである。

困ったのはダンスの先生の方である。「私には旦那がおります」と言うのはどうかと思案したかどうかは分からないが、「近日中にダンスの発表会があるので、ぜひおいでください」ということになった。

事情は理解ができたので、ちょうどタイミングがいい。この発表会を機に国分寺のダンス教室に行くのは終わりにしたのだった。

その五　六〇代になって社交ダンスを始め、やめた理由

五六歳の時に役所を辞めて、八年間、民間の会社に籍を置いていた。退職後に何か適当なボランティアはないかと思っていたところ、近所の理容店でダンスの男役が圧倒的に足りない、という話があった。それなら私の経験が何かの役に立つのではないか――。

そんなわけでボランティアでダンスの相手役を始めたわけであったが、それがとんでもない恥かきの始まりになるとは、この時は分かっていなかった。

元職は公務員であったし、なるべく恥をかかないように暮らそうというのを私は信条としていた。それを、六〇代の一〇年間で一生分の恥かきをしてしまった。練習での恥、発表会でのそれ、ダンスパーティーでの身の縮むような恥ずかしさ……書けばまだまだある。それでも、「やらずに後悔するより、やって後悔した方がいい」との

朝ドラのせりふのように、人生恥をかいてもいいかとも思うようになった。

それに、嬉しいこともたくさんあった。発表会で、参加していたおじさんたちのブラボーの声をもらったこと。最後のダンスパーティーでは、白いドレスでジルバの相手をしてくれた先生に「ありがとうございます。素敵でした」と、心の中で言葉をかけた。

ダンスのサークルをやめた理由はいろいろあるが、表向きには頭の病気であった。病名は「一過性全健忘」で、四八時間ぐらい記憶がおかしくなる、脳の中の海馬という場所の病気である。特に老人病ということでもないらしいが……。

会計業務を引き継ぎ、みんなに挨拶をして帰ってきてから、会員の方から電話があった。「みんなに聞いてみたけど、あなたの場合は誰も悪く言う人はおりませんでしたよ」と。これにはちょっと「エーッ」という感じがした。ということは、女の人ほぼ全員に、私の行動に不備がなかったか——、例えば触ってはいけないところに触ったとか、そういう類《たぐい》の調査をしたということを言っているのである。

男の世界ではこういうことはない。社交ダンスはやっぱり女の世界か。勉強になりました。どんどはれ！

尺八と唄との関係

古い友人にC・Uという男がいる。「五十路会」という飲みの会の事務局長をやっていた頃からだろうか、いつ頃からの付き合いか分からなくなってしまったけれど……。

それほど古い友人なのだが、同じ齢で同じ岩手の一関の出身である。細かくは分からないが、確か全国組織の農協系の職場で働いていた。若い頃から尺八を習っていたのだが、彼の所属していた尺八の会は、「民謡であれ何でも、歌ものを尺八で吹けば、破門になる」という厳しいルールだったというのだ。

ではは何を吹くのかというと、鳥の声とか、風の音とか、山の木の枝の葉音、お互いがその場その場で感じたことを話し合っての音とか、大半が発する音を表現するもので、いわゆるメロディーは駄目で、分かりやすく言うと虚無僧が吹くようなものだそうである。しかし、分かりやすくと言っても分からなくなるのが、我々凡人だ。そもそも虚無僧そのものを最近は見かけないから、C・Uが所属している会が分かりにくいことは相当なものである。

そこで彼は相応の服装をしてというか、衣装を着けて家々を一軒一軒回って歩く、つまり托鉢をする。それが面白いと言っていたことを思い出した。托鉢とは、つまりはお布施をいただくのである。食うのに困って物をもらい歩くのではもちろんない。修行僧が物をもらうということは、世の民が人に物をあげる喜びを与えるということで、坊さんは物を人からもらって、なおかつ与えた人に「ありがとう」という言葉をいただいて寺に帰るのである。口の悪い連中には、坊主丸儲けと言う人もいるが。

彼は飲み会には必ず尺八を持ってくる。その場の雰囲気や頃合いを図ってリクエストが入るが、風のささやきとか、草木の触れ合い音とかの説明まで入ってはシラケ鳥が飛んで行くので、そんなこんなで参加者たちは歌をやれ、ということになる。そこで彼は――めでたく破門になったのかは定かではないが、私に尺八をやれとしつこく言ってきた。

もちろん、私には歌ものをやれというのである。私のノートには、二〇〇二・一一・三〇の日付のものと、表紙には日付はないが、一ページ目に二〇〇三・七・二七とあり、「みだれ髪」唄・美空ひばり、の表記の下にカタカナの楽譜と歌詞が書かれてあった。今は飲み屋ではカラオケ流行《ばやり》であるが。

この間、二次会でお姉さんのいるところで一曲歌えと言われたので、現役の時の持ち歌の「小指の思い出」を歌った。しばらくして、二曲目を歌えときた。今朝のNHKの「ラジオ深夜便」で「黒い花びら」（水原弘）が流れていたことを思い出して、まあ、なんとかなるだろう、とリクエストに応えようとした。

私は日頃、歌を口にするとよだれが出て困っているのだ。口の周りの筋肉が盛りを過ぎて弱っているので医者から音読をしなさいと言われているのだが、馬鹿騒ぎはできるけれど、音読まではようできんという状態なのである。そこで、「まあ、いいや、歌詞をなぞって歌うことはできるだろう」と思って「黒い花びら」を歌った。

問題は、私どもより後で入ってきた団体さんだ。八一歳のじじいが「恋はつらいので、もうしたくはない」と歌ったので、川崎さんというお兄さんから「ああいう所は久し振りだったでしょ」と言われた。久しぶりも何も、四六歳の時に秋田で飲んで以来の出来事であった。じじいを連れていく時は、ふさわしいところにしてね、お兄さん。

山登りの始まりと終わり

私の生まれ育った旧江釣子村は奥羽山脈と北上山脈の中にあり、どこを見ても山ばかりである。日常的に山を意識しない方向は南側だ。高校に入り、Y・Y君とO・K君と私でハイキングクラブを立ち上げた。山岳部は無理だから、最初はクラブで遊ぼうよ、ぐらいの調子である。

靴とザックを買ったら一カ月分のアルバイトの稼ぎがなくなってしまったという重大事件が起きたことを今でも覚えている。そして、いよいよ岩手山に登った。一緒に登った中に五、六歳年上の女性がいたが、登山途中で下山したいと急に言い出して、困ったことを思い出した。

「キジ撃ちに行ってきます※」と言うだけでその件は解決するものなのに、私たちの中で乙女心を理解できた人はいなかったのだ。

※キジ撃ち…トイレに行くことの隠語。女性の場合は「花を摘む」と言うようだ。

岩手山は標高二〇三八メートルの立派な活火山であり、そのイオウの臭いと蒸気で「俺はまだ生きているんだぞ」と言っているようだった。様子を思い出して、「分かったから、暴れないでね」と、地元の住民の一人として思う。

さて、次に挑んだのは、標高一九一七メートルの早池峰山である。登りも下りも大変な山だったなーと記憶している。登りで腹が減って、みんなに分からないようにして握り飯を一つ食べたことを思い出した。仲間に「すまん」と思う。そのことだけは、今でもはっきりと思い出す。

この二つの山の案内人は、当時盛岡工業高校四年のY君の兄さんである。盛岡辺りではその他には姫神山があるが、黒工の時の思い出はこれくらいで、後は北上の辺りでリンゴを煮て食べた思い出程度である。

そして次は、都立向島工業高校に舞台は変わる。

ここではさすがに山岳部があり、丹沢で登山の基本技術を習得するという。私はつまりは転校生であるので、クラブ活動はどうかと思ったのであるが、参加することにした。四年生は私だけであった。

丹沢は東京近辺の人なら誰でも知っている山系である。東京の隣の神奈川県にあることも実は私は知らなかった。電車で降りる駅からしばらく歩いた記憶がある。一時間ぐらい歩いたのではないか。都会の高校生と、こういう場面で趣味を通じて歩いたことは非常に嬉しいことだった。

私には三年生が付きっきりで指導してくれた。ザイルを誤って踏んだ時に、ザイルは命であるときつく注意されたことを今でも忘れない。

東京に帰ってから「感想文を書け」と三年生に言われて、書いて渡したのはいいが、山行についてとか言われた意味が分からず、違う言葉にしたのではないかと後で下級生に言われた。私はいわば命令されて動かざるを得ない立場だったので、少し「うんだなー（そうだなあ）」と思った。

姫神山に登ったのは五〇代に入ってからだと思う。近くの山だが、登り始めが急で私の体が付いていくのが大変になってきた。つまり中年太りで運動不足になった頃に近所の子供三人を連れて登ったのだった。山登りはもう限界かなと思った。その時を最後にして山登りは終わりにしたのである。

絵を描きたい——三流画家の断念

絵を描きたい。これは一五年ほども前からの希望だ。絵の具やクレヨン、筆ペン、色鉛筆などを買っては、使わないで行方不明になるのを何度繰り返したことか。描こう思うと、今は時間がない。つまりは絵を描くほど時間の余裕がない。この問答を延々と続けてきた。

この一年ほど、ＮＨＫの「ラジオ深夜便」を聞くようになった。そこで絵の師匠と巡り合ったのだ。

その人は、イラストレーターで版画家、絵本作家のささめやゆきさん。私と同年代のこの人を、私の師匠に決めた。これは自分で勝手に決めたことである。簡単に言えば、ファンになったということである。

この一五年ほどの間に、スケッチブックを持って出かけていって、絵を描いたことは二度ほどある。ただ風景画しか描かなかったし、人の顔などを絵の対象と考えたことはなかった。「好きな画家は？」と聞かれれば、モディリアーニと言うに決まっているのにである。

ささめやさんはラジオの対談で色んなことをおっしゃっていた。初めの一つの線がなかなか引けないんだとか、子供は三次元の世界を二次元で表現する天才だとか、絵の勉強をしようと入学願書と絵を持っていったら、「道を誤るんじゃない」と言われたなど。けれど、お金を貯めてヨーロッパで勉強しようとロシア経由で向かい、しまいにはフランスで親切な夫婦の世話になり、働きながら絵の勉強をしてきたというような話一つ一つに、私は納得がいったのだ。

そして私は、息子の勉強会で、すてきなプレゼントとして、ささめやさんの描かれた幼児用の絵本を参加者に配ったのだ。私の人生最後の趣味として、絵を描いて静かに退場しようかなと思うと嬉しくなる。

これは冗談だが、株式の投資家としては一応一流として、画家としては三流画家として、この世にさようならと言うことにしたのである。ど－んどはれ！　エイヤー。

囲碁と将棋についての顚末

私が将棋を始めたのは、いつからかは分からないが、おそらく四、五歳頃で、やめたのは小学校に入る直前だった。だから常に「将棋は小学の入学前の実力です」と言っているのである。

昨年の七月頃に盛岡駅から市内循環バス「でんでん虫」の左回りに乗った時に、私と同年輩らしき人と一緒の老人席で、水沢辺りで今は農業をやっているという人と出会った。県庁近くのビルの会議室まで、あと四〇分ぐらいで辿り着きたいという話であった。

たぶん現役の時は、学校の先生をやっていた人のようであった。そこで、子供の頃の話の中で将棋の話になり、私とほぼ同じ体験をしていたんだなーと思った。当時は一〇〇円ぐらいで買えるような粗末な将棋セットはどこの家庭でもあった。なくて困ったという記憶がないから。

実際にその実力はどの程度であったかというと、四年生の担任の先生と指して勝ってしまい、怒られたことを今でも覚えている。

それから年月が経ち、役所を退職する年の頃。仕事を終えて五時から私は先輩を誘って碁を打っていた。その様子を見ていた水沢工業高校を出て二年目ぐらいのC君が「将棋を指してみたい」と言ってきた。

私の囲碁力を見ていて、将棋も同じようなものだろうと察しを付けて将棋なら簡単に勝てると思ったのだったらしかった。

が、いざやってみると、C君は私に簡単に負けてしまったのだった。私は小学校に入る前の実力しかないと公言していたから、くやしがるのなんのと、見ていられないほどであった。

将棋の勝負のこつは、相手から駒を取り集めて、ここが勝負時と思うまで我慢をしていっきに攻める。攻めきれない時は負けを覚悟する。私の将棋は、これに尽きる。

囲碁は二五歳頃に職場で同年輩から教わった。折りたたみ式の簡易で安い囲碁盤と碁石を買った。当時はまだ学校にも行っていた頃だから、昼飯の時間に遊んでいたのだった。やり方は将棋と同じような覚え方で、教える方もアマの五級ぐらいの実力の人ではなかったのではと思う。

そのうちに、暇があれば対戦をするようになって――もちろん学校を卒業してからである――一時夢中になった時期もあった。仕事が終わって寮に帰ってから自由に時間が使えるようになって、実戦を主にしていたのであった。船橋時代のことである。

小平の建設大学校に行ってからは特別の雰囲気があった。今でも印象に残っているのは、四国地建のMさんである。阿波踊りを実地で教えてくれた人で、のちにどこかの短大の教授になった。

その人の家を訪ねた時に、本棚には囲碁の本や定石の本がいっぱいあった。ほとんど覚えた、と本人は言っていた。当時、彼はアマ四段だと言っていた。教官は勝っても負けても一回か二回ぐらいしかやらない。プライドが邪魔をするのかは分からないが、もしそうであれば、厄介な動物というほかはない。

機械科の教官のHさんは碁の相手をしてくれた。彼の得意技は「打手返し」であった。これは私に囲碁を教えてくれた同年輩の人と同じ得意技ではあるが、違うところは、こちらの人は紳士的であったことだ。

建設大学校では、研修生の中に碁の得意な人もいる。が、研修生に碁を教えてもらったことはなかった。

ここで、重大なことが起こったのだ。自分にとって重大であっても、世間では何でもないことはいくらでもあるが――。それは何かというと私の身の振り方である。

「あなたは建大を出て、地建に出なければならない。関東地建で君を引き取ると局の課長が言っているが、君はどうするのか」

と言われたのである。「引き取る」とは機械課のボスの言葉ではあるが、言葉の使い方が間違っていないか。かちんときたので、「はい、よろしくお願いしますとは私も言いかねます」と申し出た。関東地建にはお世話になったけれども、私は「東北地建を希望します。よろしくお願いします」と言った。すると、「そうか、後悔することはないのか」と言われたので、「それは、ありません」と伝えた、という決断をしたのだった。また話がそれてしまったが。

パンの研究

パンを突然に作ってみたいと思うようになった。食べたいということもあるが、酵母ってなんだという興味もある。つまり、研究をしてみたいと思った。

「パンの研究」NO.1　07.5/15の日付のあるノートがある。ノートの二ページ目に、二〇〇八年一月四日朝日新聞掲載の「酵母も手づくり 毎朝パン焼く」という東京の大学生の投書が貼ってある。概要は左記の通りである。

東京都清瀬市に住む一九歳の前田麻美さんは、毎朝香ばしい小麦の香りが漂う自家製パンを焼いている。彼女は中学生の頃からパン作りを楽しんでおり、最近は酵母を使ったパンに魅了されているという。酵母は干しブドウやリンゴから作り、ゆっくりと発酵させることで豊かな香りと味わいを生み出す。彼女はこの手間暇かけた酵母パンを通じて、自分自身の成長と寛容さを感じている。

こういう具合だから、私もパン作りに興味を持ったのかもしれない。このパンの研究も一〇年ほど続くことになるのであるが、なにせ、酵母のこと一つ取っても何も分からないことだらけと言ってもよい。例えば酵母菌なるものが、世界のどこでも——夏でも、冬でも——空中にただよっている、ということの理解が難しいのである。そこで実際に作って食べてみてうまいかどうかをやってみることから始めるので、研究だのということは、後回しにならざるをえないということになる。

ここまで書いて、ちと思い出したことがある。

それは一五年ほど前の、ボランティアでダンスをしていた六〇代の半ば頃のことである。私が所属していたダンスサークルでダンスパーティーを主催する際に食事の提供をすることになり、お前も何か持ってこいと言われた。それでパンにしようとしたことも、研究の動機の一つではなかったのではないか。

それならば、研究の主たる目的を自然酵母を使うことだけでなく、「素人でもふんわりとしたパンを焼く方法」などに目的を絞った方が良かったのではと、今では思う。

それで、ダンスパーティーの時にどういうパンができたかというと、小さいパンである。堅くなっても食べられるようにと思って小さいものにした。試しに持っていったところ、「堅くて……」と言われた。

私の場合は、パワーがある市販のイーストと自然酵母を混ぜて使う方法を取った。そうすると、あの市販のイースト特有の臭みが消えてなくなるのだ。なお、臭みをとるだけなら、味噌を少し足すだけで消える。

私のパンの研究で最大の発見と効果は「菌の害は菌を使う」というものだけで、パンチのきいた結果ではなかった。

私はホームベカリーを買って焼いていたが、それをこねる機械の専用機として使い、焼きは通称〝チン〟、オーブンレンジを使った。自然酵母を使うのであれば、大量に酵母液を作って一～二日寝かせて十分に発酵させて焼く方法だとうまくいくかもしれない。いろいろと試したことをノート二冊に記録してある。

第二章　売りか、買いか——ネギ・山次郎と株

Ⅰ　私と株式投資

私は三〇歳ごろから株式投資を始め、以来五〇年以上、株の売買をしてきた。

その昔、江釣子中学三年Ｂ組のＭくんと私との間で「将来何になりたいか」の話になった。今では恥ずかしくてとても話も何もできないが、当時は何にでもなれるという夢と希望はあったのである。そこで言った言葉が「弁護士、物理学者、大金持ち」だった。

学校も一応出たが、弁護士とか物理学者の道はなくなったと自覚はした。しかし救いが少しあったように思う。大金持ちにはなれなくとも小金持ちにはなれるのではないか。

株のことは、私が黒沢尻工業高等学校（黒工）に入学した頃、黒沢尻南高等学校

（南校）の定時制に通う生徒が株の話をしているのを聞いていた。アルバイトをしたA商店にも自衛隊にいて南校に通う男性がいたし、同じ中学出身の近所の友達が新聞の株式欄を見ていて、学校で株の勉強をしているらしいということがわかった。そんなベースがあったのは確かだ。

三〇歳の直前で結婚した。結婚費用がなかったので建設省の共済から借りることにしたのだが、一〇〇万円を借りて七〇万円で結婚費用をすべてまかなってくれと兄に渡して、残りの三〇万円で株を買ったのが始まりであった。その頃J証券で財形貯蓄の勧誘があり、株のことをいろいろ聞く機会があった。J証券では中年の女性が私の担当になったが、その人は私にとって非常に相性の悪い人であった。そんな時に東北地建に出ることになったのである。それで、関東の証券会社に預けていた株を盛岡に移したのが、今も付き合っているF証券であった。

これが株を始めたきっかけといえるものだ。

この頃のことや株のことを「フジ・三太郎の挑戦」という題名で書いたので、岩手工事事務所の所内報に載って東北はもとより建設大学校のT先輩まで届いたのではないかと思っていたが、最近の便りで大学校にいたのは1年だけで、すぐに古巣の当時の土木研究所に戻っていたことが分かった。それにしては、私が建設省を退職して民間の会社に移ってからたぶん三、四年してから、わざわざ盛岡の会社を訪ねてきてくれたことの意味は重いものがある。何十年も心配をかけたことになるからだ。

リーマン・ショックからの無傷の生還

リーマン・ショックについては、〝株屋〟である限りは書かないという選択肢はない。記録があるから、ある程度のことは書けるとは思うが、あれから一五年以上の歳月が過ぎた。当時の感情は思い出せるが、記憶が定かではない。

二〇〇八年九月一五日、アメリカのリーマンブラザーズ証券が破綻した。一六日からは暴落につぐ暴落で、ただ呆然という状態であった。あの時は、二つの道があったと思う。一つは、全て売り抜けること。もう一つは、このまま持ち株を抱える道である。

株式投資のプロは、たぶん一を選ぶ。ノンプロは二を選んだ人が多かったのではないか。当時は一日で、日経平均株価が一〇〇〇円くらいずつ下がったのではないか。当時の新聞記事を見つけたが、一六日から二八営業日の株価の下落率は四一・三パーセントであったと報じていた。

私の考えでは、どれほどの株の下落が続くのか経験上分からない。あの頃のことで明確に覚えていることは、売る人たちのことを「狼狽売り」と言っていたことだ。これは事実である。後にリーマン・ショックが「恐慌」であったと知った時は、狼狽売りでも何でも売るべきであったなと思った。

しかし、道は二つに一つの選択である。持続を選んだのだから、その方向で最善を尽くす他はない。毎日記録していた株価もその必要性がなくなり、週末だけの記録に変わったのであった。

「二〇一五年三月二四日、株の取引の現状について」というメモが見つかったのでその概要を記す。

　リーマン・ショックと原発事故の影響で取引をしなかった五年間を経て、二〇一二年から取引を再開した。いすゞの売りから始まり、持ち株ほぼ全てが損失から始まった。旧株のJR東日本、東洋埠頭、信越化学株は引退が固まった局面である。新株のキャノン、コマツ、テルモ、日空ビルの活躍が始まったと書いている。

　ここで、リーマンのショック度と回復過程を持ち株の総価で示そう。

2007	¥48,402,000
2008	¥44,484,000
2009	¥38,042,000
2010	¥33,612,000
2011	¥36,130,000
2012	¥29,285,000
2013	¥41,013,000
2014	¥44,040,000
2015	¥50,157,000

　上の表は、西暦年と持ち株と持ち金の総価を示す。記録は毎月のものがあるはずだが、まさかこのようなものを書くことがあるなどということを想定していなかったので、記録メモも切り抜きのスペース作りのために数ページごとにカットされていたりの状態で、月毎の推移は揃えることができなかった。

　でも、約一〇年の期間のデータを見れば、どれだけの心の傷を抱えたかは理解ができよう。あの頃は、証券会社も大変であったと思う。年間の口座管理料三〇〇〇円を請求された。そして、私の担当者が会いにきて、明るい顔をしていたと会社に報告したということだった。

最近でも、株価の暴落はあるが、ショックの表現はあまり聞かない。ギリシャ危機とか英国のＥＵの離脱、チャイナリスク、トランプリスクなどがあったが、最近ではロシアリスクがある。私はリーマン・ショックの時は、株価の下げの場面で、当分の間で上げの状態を予想はできなかった。が、もしも将来上げに転じることがある場合は、その目安をどうするのか分からないのではないか、という疑問を持ったことを覚えている。

確かに、そうとも言える。これは小さい問題ではないかもしれない。でも、戻りに五年もかかるならば、戻りの目安が分からないリスクよりも、上がってこない恐怖の方が大きい。

今夜はこの結論に勝利を与えて寝よう。「楽碁会」の勝利を夢見て寝よう。

株の売買はこんなでやんす

「これは買うしかない」と思う時が株にはある。株の商売は安い時に買って高くなったら売るのを主たる手口とする。

二〇二〇年一月二八日朝九時。いつもならニュースで日経平均株価を知ることができるが、この日は国会中継があり、九時のニュースがない。インターネットを使っている人は調べられるが、私の場合はF証券に電話して聞く他ないのである。九時、トイレに行きやるべきことをする。

それから電話をする。

証　ありがとうございます。F証券盛岡支店でございます。用件が株式売買の場合は一を、株価紹介の場合は二を、その他の場合は三を入力してください。

私　（電話機の二を押す）
証　入力が確認できませんので、アスタリスクなどを入力してください。
私　（アスタリスクをいっぱい入力する）
証　入力が確認できました。お繋ぎします。しばらくお待ちください。
　ここで電話が切り替わり、担当者に繋がれた。
S　ありがとうございます、F証券盛岡支店担当のSでございます。
私　あのう、T市のたかはしのりおです。証券コード九七〇六の日空ビルの値段を知りたいんですが。
S　それでは、口座を確認します。口座番号と生年月日をお聞かせください。
私　何それ、これこれです。
S　口座確認できました。今、売りが四九七五円。五円高です。
私　それでは買います。
S　売値が動いています。四九八〇円、四九八五円と動いています。どうなさいますか？

私　四九八〇円で、指値で今週いっぱいでお願いします。
Ｓ　現在、五〇〇株お持ちですが、五〇〇株買い増しということでよろしいでしょうか？
私　そうです。
Ｓ　日空ビル、指値四九八〇円で五〇〇株、東京証券取引所第一部……。
ここで、その他、お金とかいろいろの説明をされる。
私　それでお願いします。
Ｓ　市場に出しました。結果報告は、どうしましょうか？
私　不要です。
Ｓ　連絡なしでよろしいんですね。他にご用はありませんか。
私　今日はこれで終わりです。ありがとうございました。
Ｓ　こちらこそ、ありがとうございました。

というわけで、一通り買いの注文は終わりである。あとは明日の朝、新聞を見れば分かる。Ｆ証券から売買報告書が届いたのは二月三日であった。三一日に買いが成立したことが分かったが、それにしては月曜に郵便が届くのは異常に早いなと思った。

二月に入って、三日…八〇円高、四日…三〇〇円高、五日…九〇円高と、三日間で四七〇円の値上がり。五〇〇株で二三・五万円の利益になる。捕らぬ狸のなんとかで、これは当然売りの決断である。二月六日に電話で聞いたところ、五五四〇円で四〇〇〇株の買いが入っていたことが分かったが、あまりに安かったので売るのは見送った。

そこで明日の新聞を見て決めようと思った。二月七日の新聞によると、始値：五六〇〇円、高値：五七八〇円、安値：五五二〇円、終値：五六八〇円の、前日比七〇円高。日経平均株価は、五四四円高の二万三八七三円であった。例により電話して聞いてみると、五六〇〇円で買いが出ているると。私はあまりに安いのでウーンとなった後で、五六〇〇円、五〇〇株売りの決断をして市場に出した。

しかし、ここで、思いがけないことが起こって、「五六二〇円で売れました」の声があったので、ありがとうございました、である。これは嬉しい結末であった。

いずれにしても、今回の売買劇はすばらしく効率のいいものであった。

日常の株との付き合い

株の週末の取引は金曜の午後三時で終わる。三時のニュースで明日の天気などを見て、次に経済情報ニュースがある。私には円ドル、円ユーロなどの為替相場はどうでもよいが、円高か円安かは株価と密接な関係がある。円安であれば株高、円高であれば株安である。

円安であれば輸出産業が有利で、日本は輸出産業で飯を食っている国なので大体がそうなのである。反対に輸入産業の場合は、円高が有利なので、その場合は円高の方が株価に有利に働く。ただし、円ドルの問題は株価形成の一面であって、全部ではないのはいうまでもない。

その後で最も知りたいのは日経平均株価の情報である。二〇二〇年一月二四日午後三時、日経平均株価は前日比三一円高、二万三八二七円である。具体的に個別の株価を知るのは明日の新聞である。私の家では「朝日新聞」と「岩手日報」の二紙であるが、岩手日報は終値だけしか分からない。したがって、いつも見ているのは朝日新聞なのである。銘柄ごとに初値高値安値終値、出来高のデータがあり、そのデータによっていろいろと判断が下されるのである。

土曜日の朝、やるべき日常のことが終わると新聞に飛び付く。今は持ち株九銘柄と予備の三銘柄の一二銘柄について小さいノートには毎日のデータを、大きなノートには週末のデータを書いている。

今週は一月二三日に積水ハウス五〇〇株を売り二〇万七〇〇〇円の利益があったので、次は買いかなと思っている。

銘柄は日本空港ビルデイング（以後日空ビルと書く）。二〇一九年一二月二三日に五〇〇株を六二二〇円で売り、二六万円の利益が出ている。そこから株価の下落が始まり、一月二五日に五三七〇円であるから、八五〇円の下落である。そして一月二八日付の新聞で日空ビルは四七三〇円。四〇〇円の下落である。トータルで一二五〇円の下落が分かった。日経平均株価は四八三円の下落で、二万三三四三円である。

株休みの、相撲に関する首脳会談

株のことで調子づいてきたところであるが、今（二〇二〇年一月）、大相撲初場所で二六日の千秋楽に向けて大変おもしろくなっているので、株の話はいったん休んで大相撲の様子を書いてみようかと思っている。

朝のグリーンランド（我が町内会）の散歩友達で、K・F七八歳と巣子駅の近くの新幹線の跨線橋で会う。九時二〇分頃、無約束の待ち合わせになっている。この習慣は二年前からである。去年の今頃は、もう一人いて三人であったが、糖尿病のため脱落した。今では毎日のように「ねまる（座る）べ」と言って階段に座って、相撲談議が始まる。

まずは盛岡出身の錦木、去年は六場所全て負け越して幕内力士からすべり、今場所は十両四枚目となった。彼の特技は「怪我のないこと」とは、情けないほめ言葉である。一三日目、錦木九勝四敗である。優勝争いは一敗の正代と徳勝龍、二敗の貴景勝。

今日の取り組みは、一敗同士。

力士は初場所が終わってから本当の正月を祝うのだそうだ。「おつかれさま」どうぞ正月を楽しんでください。次は二カ月後の春場所を楽しみにしている。

忘れていたが錦木は一一勝四敗で幕の内へ、大関豪栄道は引退という。

終活が満点で終わりそう

終活を志してから約二年が経つ。最も困難と思われていたのがF証券の終わり方であった。二年前の九月、盛岡支店で最初の打ち合わせを行ってから、先が見えるようになった。

私の担当者がTさんに替わったこともあり、去年の一二月我が家で二回目の打ち合わせを行った際に、明るいきざしを感じたのである。筋書きはこうである。

私が取引をしているF証券に息子の株の口座を作る。相続清算課税制度を使い、非課税の生前贈与として、そこにお金を移して二代目の株を始める。こうしておけば、初代の私が消えてからも、証券会社との付き合いは続き、なお私が生きている限りは投資を楽しめて、かつ証券会社として減って当たり前の客を確保したことにもなるのである。

去年の暮れ、二九日にF証券の要請で息子の意志の確認をしたいということになり、盛岡支店で打ち合わせをした。そして今はどうなっているかというと、口座の書類に移動する金額を入れて、本社経由で私の手元に書類がある。

会社としては株の移動で考えていたのを、私の拘りで現金での移動を行った。証券会社の規定で書類の保管ができないという事情もあり、六月の移動まで私の保管となったのである。

終活についての打ち合わせ

私の所有する株の後始末と終活について証券会社と文書（アンケート式）でやりとりをした。以下に、私の用意したQと回答例に、証券会社がチェック&補足したものを示す。

質問者　T市　高橋則夫

■「私の株の終活についての基本的な考え方について」

貴社との付き合いは、四五年以上になるかと思いますが、今は趣味としてこれ以上の楽しみはなく、条件が許す限りこのまま続けたいのですが、限度があります。終活で一番簡単な方法は全部売り払って現金化して引き上げることだと分かってはいますが、それでは私の気持ちが収まりません。

それで今日の相談というわけなのです。

Q1　突然死（ピンピンコロリ）した場合の対応はどうなりますか

□A1　業界での対応方針が決まっています

☑A2　会社での対応を決めています

相続の手続きになります。

Q２　その場合の株の処分はどうなりますか

□A１　新聞や家族からの連絡があったらその時点で売り払いをします

□A２　処分方法は公開されていません

☑A３　株の評価方法は決まっているので問題はありません

処分されません。株のまま家族にお渡しすることになります。

□A４　その他。

Q３　認知症であると本人あるいは家族から連絡があった場合に業界、会社に方針はありますか

☑A１　ある

お取引に制限がかかります。

□A２　ない

□A３　その他

Q４　相続などで、株を生きたままで（売買なしで）持ち主の移動はできますか

☑Ａ１　できる方法はある
株は株のまま相続（移動）になります。証券会社が勝手に売却することはありません。
□Ａ２　できない
□Ａ３　その他

Ｑ５　株のことをまったく知らない人に、教育するシステムが仙台か盛岡支店にありますか
□Ａ１　ある。
□Ａ２　ない
☑Ａ３　その他
コロナ以前はありましたが、今はありません。担当者が情報提供することは可能です（訂正二〇二二年八月八日）。

これで想定した質問は終わりです。ありがとうございました。

Ⅱ　株の管理術六カ条ノート

どうなっているの株の管理

株の記帳はどうしているのか。ノートは何冊かあるが主たるものの名前がない。現在のものは記憶によると四冊目だが、一冊目が行方不明なのである。二冊目までは業者からのもらいもので分厚いものだが、三～四冊目は最長で五年分と考えていたので小ぶりなものである。

各項目ごとに簡単に内容を書く。

一、週末データ

これはもともと毎日のデータを記録していたものであったが、リーマン・ショックの時から毎日のデータが必要でなくなり、週末だけのデータにしたものである。株価の傾向を見るだけならこれでよい。持ち株九銘柄、予備三銘柄を書く。上のスペースを使って月毎の評価を見開きで二ページ、四カ月分書くようにしている。

今年のものは二〇二〇年の基準価格がある。これは長年継続のもので、年末に計算により作成する。たとえば二〇一九年の基準価格からその年の利益を引いた値が二〇二〇年の基準価格になる。つまりこれは投入資本の回収という意味がある。その月の評価額から基準価格を引いた値は、その月の株を始めてからの利益ということになる。週末データで大体の株価の動きは分かるが、今は毎日のデータが必要なので別冊の小さなノートで記録している。

二、売買表

今使っているノートは市販のA5である。一ページに銘柄、年月日、買値、年月日、売値、株数、始末、売記号で構成している。

始末とは売りの結果の損得とその量。売記号はその年ナンバーを区別できる方法で独自に記号化したものである。

三、売買現況表

これは普通の会計帳簿で売買、諸経費、税金、還付金、入出金額、現在残金額など見開き二ページで構成されている。この残金額が週末データの月末にあたる（月末は曜日に関係なく現金として記入）。

四、株式配当

主な配当時期は、六月と一二月である。株の配当は郵便局で通帳に記入され生活費となる。

五、持ち株表

銘柄と売買年月日、株数で、株の移動がひと目で分かるようになっている。

六、利益、基準価格、株価総評価表

一九八二（昭和五七）年、四〇歳からの記録があり、二〇〇〇（平成一二）年、五八歳までは利益のみ（配当を含む）の記録がある。それまでの利益は七四八万円であった。二〇〇一年からは基準価格が記入されており、三三三五万八二七一円となっている。それまでの利益金七四八万円を組み込んでいると書いているので、資本金回収（基準価格から七四八万円を引いている）を行ったと判断している。

二〇一九年一二月の評価は、株価総価が四〇三九万六六〇〇円、現金が一三七六万五八七八円、評価計五四一六万二四七八円である。二〇一九年の基準価格は二四一一万円で、評価額から一九基準の差額が今までの利益で三〇〇五万二四七八円である。

株は三〇歳くらいから始めているので、一九八一年ぐらいはメモ程度の記録だったと思われる。

ネギ・山次郎の勉強会

私の株を引き継ぐにあたり、家族向けに株の勉強会を開催することとした。参加者三名の小規模な、私の持ち株を実際に売買する実践的な勉強会である。

株には、資金を確保して銘柄を決めて、買いのタイミングを図って買い、売りのタイミングを図って売る一連の作業がある。基本的には証券会社の人は売買については責任がなく、すべての責任は口座を持っている人の責任で事は進むのである。たとえ証券会社の職員のミスだとしても、いちいち文句ばかり言ってトラブルメーカーの印を押されてしまっては困ってしまう。そこで、最低限の勉強は必要だろう、というのがこの勉強会の趣旨であった。どのようなことを勉強したのか、数回分ではあるが抜粋してここに記しておきたい。

■一回目　会場　盛岡支店　二〇二二年六月九日（木）一〇時～一五時

一、株の売買は「成り行き」のみとする。理由・職務専念義務のため。時間は八～九時（この縛りは八月まで）。

二、相続清算課税制度について。

三、株の売買は何のため？　自己資本と借り金（銀行の利用）、信用取引（借り株）。

四、商売の基本、その哲学。近江商人の三方よし。

五、売買の銘柄は会が指定したもののみとする。

六、株の配当について。
七、会社には証券コードがある（重要なものです）。
八、NISAは、今どーなってる？
九、ニューヨーク・ダウのあの話。
一〇、会社見学……中止。

■二回目　会場　盛岡支店　二〇二二年九月一三日（火）一〇時～一二時
一、株の売買、「指し値」を認め、全て自由にする。
二、銘柄を自分で発掘する。自分が好きな（その会社の発展を望む）会社を選ぶ。
三、株の買いのタイミング。「成り行き」、「指し値」とその構成。
四、株価指標のあれこれ。
五、株は失敗して覚えるものだが、それをなるだけ軽くしたい。
六、質疑応答。

ネギ・山次郎の商売の流儀

近江商人には「売り手よし、買い手よし、世間よし」の「三方よし」という言葉がある。

株に当てはめれば、「私よし、証券会社よし、国（地方自治体を含む）よし」となるのだが、株をやって儲かればの話だということは言うまでもない。そこで、「私よし」とは、例えば三〇〇万円の株を買って三〇万円儲けたとする。証券会社は株価の一パーセントが手数料だから、売買で二パーセント、六万円の収益である。国は投資家の儲けの二〇パーセントの六万円が税金として入る。これが株の世界の商売である。

株はハイリスク・ハイリターンの世界と言われる。高いリスクを背負ってリターンをなるべく多くしたい。世の中はそんなに甘くないから、私はこの世界を「この国では、株はまだ市民権を得ていない」と言っている。

しかしながら、〝株屋〟であっても、世間的に体裁のいい言葉でいえば〝証券投資家〟という立派な名称の職業である。

それでは、この世界で生きている人はいったい、この仕事をどんなものと思っているか。私の考えを箇条書きで書いてみると……。
一、設備投資がいらない。物を売る店舗もいらない。家庭用電話があれば足りる。
二、通常の仕事では、株を買う投資資金はいる。自己資金でなくてもよい。銀行の金でもよい。
三、証券会社に口座を開く必要がある。
四、商売の基本である信用は必要である。
五、個人的には健康であることは必要である。決断力、スピード、判断力は、常に必要。
六、私の店では、儲けのためという考えは持ってはいない。株の資金は生活費ではない。

☆その他に、株について大事と思われることを次に示す。

A、株は売った時に決着が着く。売るまでにいくら上がっても下がっても関係がない。
B、持っていた期間はいくら長くとも短くとも関係がない。
C、資金の利用効率は、言わずもがなではあるが短い方が良い。
D、いくら上がっても、下がっても資本主義の原理で動く。調整と言った方が分りやすいか。
以上、このようなことを意識して、株の売買は行うべし、ということである。

第三章　北上川——身辺エッセイ・手紙

Ⅰ　つれづれ心の赴くままに

我が心の「北上夜曲」

北上川は東北地方では有数の大河である。

岩手県から宮城県の石巻市で海に出るまで延々と、そして堂々としたその流れは豊かな作物を産み、そして近代までは物資を運んだ重要な手段だった。このことは、どの河川でも共通の利益ではあるが、郷土の河川が、その地方の若者にとっては忘れられない場所であることも、また共通のものなのではないか。

私が中学生になる頃、誰に教わったという意識もなく自然に歌っていた歌がある。その昔――いや、そんな昔でもないが、ラジオかなんかで聞いたことを今、思い出した。

東北のどこかの街で一〇代の若者が歌い継いでいる歌があると知り、「和田弘とマヒナスターズ」のご一行が歌詞と曲を楽譜にして持ち帰ったのが「北上夜曲」であるという。

私は今八一歳であるが、この歌を思い出すと、じんと心にくるものがある。じさま、でもだ。ここまで書いてさようならと言うわけにはいかない。男女の掛け合いの「北上夜曲」（菊池規作詞・安藤睦夫作曲）の一節を紹介しよう。

男性ボーカルが和田弘とマヒナスターズ、女性ボーカルが多摩幸子である。

（男）僕は生きるぞ　生きるんだ
（女）君の面影　胸に秘め
（男）（女）想い出すのは　思い出すのは　北上河原の　初恋よ

黒沢尻工業高校（当時。現在は移転）の前の道路を東に五〇〇メートルばかり進むと、北上川に直角に交わるところに珊瑚橋がある。

ここは花見時には屋台が出て、春は、つまりは祭りなのである。祭りであるからしてお酒を呑み、唄の一つも歌って帰ろうかてなもんではあるから、その結果どんなことが起こっても不思議はない。黒工に通っていた時、特に授業中に最高の出来事を見てしまったのである。

それは花見の頃。担任の体育の吉田譲二先生とランニングして珊瑚橋を渡っていた。そこまでは今までの多くの体育の授業時間と変わりはないけれど、橋に若い女がいて、男二人がかりで何かを、それこそ必死で止めていたのだ。

テレビ番組だと、ここで「二人の男は、女の人の何を止めようとしていたのでしょうか」というクイズが始まるのだが、現実はそんなものではなかった。当時、植木等の「スーダラ節」という歌が流行《はや》っていた。

ここまで書けば、今の七〇~八〇歳代の人なら、何が起きていて、何が言いたいのかは分かるだろうが、今の人には何がおかしくって、こんなに長々と書いているのか分からないので、はっきりと申し上げよう。

この女性は、酒に酔って何が何だか分からなくなり学校の生徒がいっぱいいるところで「スイスイ スーダララッタ スラスラ スイスイスイ」とやり始めたのである。これ以上やられては、と制止する男二人の必死の姿を想像してみてほしい。これで私たちは「本当の世界」を勉強したわけだ。

つまり、これが実学というものだ。この当時の少年の頭の中では、人間には男と女がほぼ同数いるが、男は酒に酔って喧嘩をしたり女房をたたいたりとロクなことをしない情けない存在と見て知っているが、普段はおしとやかな女性だってひと皮むけば男とほぼ同じなのだと理解したのである。

日本の女性は、「俺はお前が好きだ」なんて言葉を普段から耳にすることはない。私が田舎で最後のアルバイトをした鉄工所では、休憩時間になると酒も呑まずにエロ話が始まる。演者は大体決まっていて話の内容も代わり映えしないのだが、それでも大体は盛り上がっている。まあ、いってみれば素人芸なのだが、これも味がある。こんな体験をしていれば、交際する際に少しでも有効に働くかとも思うのだが、それはまったく関係がない。どこかに男女で行き違いがありそうではある。

若い人は悩むがよい。が、ここで、じじいとばあさんの知恵はないのか。墓に行く前に、ちと知恵を出してくれないか。

そもそも我々とは何か

「我々はどこから来たのか、我々は何者か、我々はどこへ行くのか」

この一文はゴーギャンの有名な絵のタイトルになっているという。

この問いを心の面から追及するのが哲学や宗教、芸術であり、自然科学で追究する一分野が宇宙論という。宇宙は一三七億年ほどの昔、ビックバーンで誕生したといわれ、その広がりも一三七億光年といわれている。その世界は今でも広がり続けている。

こう書けば、宇宙は光速で広がり、星もその速度でできたことになる。星が光速で移動できるとは思えないのであるが、私の持っている資料に一三〇億光年先の天体からの光をとらえた米英チームの撮影した写真がある。この天体はFガンマ線バーストと呼ばれる、大爆発の残骸、正体は不明と書いていた（英レスター大学提供）。また宇宙最初の星は太陽の四四倍、一〇万年後に成長が止まったというから、星は一〇万年で一応誕生すると考えられる。大先生たちの書いたものでも理解に苦しむことはあるのだが、これもまた物語の部類で「んだずもな（そうだ）」と納得しないと前に進めない。なお、これは東大、京大研究チームが計算で成長再現とある（参考二〇二一年一一月一一日朝日新聞）。

だいぶ手間取ったが、前に進めよう。言葉でいえば、無限の広がりの中に全てのものがあり、その中に人間もいるということである。生物の中に人間も仲間として存在していて、その中でもまったくの新参者でありながら、生物界を代表するものであると人類そのものが考えて、この世の支配者を自任しているのが現状であろう。

さて、人類が歴史としてその歩みを自ら認識したのはせいぜい数千年であり、人間がどのように生きてそして死んでいくのかを考えたのも、ほんの最近であるといっていいのではないか。

人の寿命の限界は約一二〇年といわれている。その多くは一〇〇歳を待たずにその生涯を終える。人が生を受けて二〇年は学びなどの人間が生きてゆくための基礎的な期間であり、その後の三〇年は人間活動の時期である。それ以降は活動後期としての期間なのであろう。

人は生きていく途上において物事を考え、行く末を見て、知って、活動し、挫折し、知恵を得て、その人の最上の人生を生きてゆこうとしている。死を前に自分の人生は幸せであったのかと問う時、イエスと思えたら、その人は成功者であったと思う。

宗教の起源

中国、武漢市で発生した新型コロナウイルスは、二〇二〇年二月の報道では毎日のように数十人の死亡、千人単位の感染者がおり、中国人死者七二二人、感染者三万四〇〇〇人超と報じられており、日本人も一人死亡した。当初、感染力は新型ウイルス一人の患者が何人にうつすかの指標は一五～二五人とされ、季節性のインフルエンザと同等といわれていた。

国立国際医療研究センターのまとめによると、武漢市の感染率は五・一五パーセント、同市を除く河北省は一・四パーセント。河北省を除く中国全土は〇・一九パーセントで、致死率は季節性インフルエンザの致死率〇・一パーセントと同程度と見積もられていた。

総体的にみて普通のインフルエンザと同程度であるが、新型のため、有効薬がまだなく、不明なことが多いので大変だ、大変だと言っていた。ピークが過ぎても感染力は収まらず、この年に予定されていたオリンピックも中止になった。

さて、ここでこの時の事態を冷静に見てみたい。現代社会で起きた現象であるが、これを遡って考え、江戸、鎌倉、平安、縄文、それ以前でも起こった現象とすると、どうであろうか。

昔は、マスクや薬などの話ではなく、何で病気になったのか、どうして人が亡くなったのかと恐怖で、自然災害と同じく人間が対峙するには想像が及ばないことだった。

これは人間界ではどうにもならないもの、つまり人間が神を認めて祈ることで災害をかわす手段としたということは容易に考えることができる。

これが、人間が宗教を認めたことの始まりではないかと思う。南アメリカのインカ帝国がこつぜんとして歴史上から消えたといわれることがあるが、そんなことを含めて宗教が発生したのであろう。世界で宗教はその強弱はあるにしても、宗教を持たない民族はないという現実が、民族を問わずそれを必要としたことがあったのではなかろうか。

世界の宗教の断面

世界の宗教については、最近の傾向として人生にも関わる悲惨な事象を起こしている。全能の神としているものが宗教によって違い、その宗派に属している人間から見れば他宗は邪宗となり、許し難い存在となるからである。

本来からすれば、宗教は個人の自由に根ざすものと考えるのが正道と考えられるから、それが多くの人間の考えを支配するようになると、団体としての考えや行動となり、他宗、他派と敵対するようになる。これは宗教の政治化とも見える現象である。イスラム教国の中には宗教団体を政治団体と区別する国が現れていて、まっとうな対応といえるが、それと真逆なコースをとるような国もある。その現象が現代社会の一面である。

日本の宗教についても、同じように山や川、自然のもの全てに神が宿り、それを神とあがめ、畏《おそ》れて敬う「八百万《やおよろず》」の多神教の国であった。そして六世紀半ばに仏教が入ってきて仏教国となったが、その教えは生活の中に浸透して人々はあたかも無宗教を標榜しているのが現状である。

しかし統計によると、日本人の宗教は一人当たり数宗教を信奉するといわれる宗教国なのである。神々を敬い、拝み、仏事を行い、クリスマスを祝う。だが、これといった特定の宗教に拘束されないから、宗教が元での争いは表面化しない。仏は神ではないから全能とも考えないし、個人がそれぞれに受け止めヨーロッパ社会やイスラム社会のように宗教が生活を支配する状態ではないのである。

日本の仏教は自己主張のない穏やかな宗教として存在し、日本人の生活に決定的な影響を及ぼさない。それは日本人として嬉しいことである。

お盆のように年に一度はお墓参りをするような、自然で平和なのがいい。

反則とは何か

二〇二一年五月一八日午後六時頃、歩行が困難になるほど右足の付け根近くが痛くなった。

そのことを家族に言うと、病院へ行けと言う。五年ほど前の脊柱管狭窄症の手術でお世話になった、T病院に行くことでスンナリ同意した。執刀医のN副院長先生にお礼の挨拶と元気で生きている報告をしたいと思い、先生の都合を確認のため電話したら、翌一九日午前が当番医であることが分かった。岩手大学に通う孫が盛岡の病院まで送迎してくれることになった。ラッキーである。

初診なので一日がかりなのは覚悟していたが、そのうち看護師が調査書類を持ってきて問診の作業開始。この病院以外での手術の経験はありますかと聞かれて、初めはありませんと言ったが、そのうちに四〇歳代で胃のポリープ、七〇歳代で大腸のポリープをそれぞれ電気メスで切除したこと。右目の手術では、黄斑前膜、両眼の白内障の手術をしたことを告げた。

また輸血はしたことがありますかと言うので、それはないと思います。と、答えたところでまた思い出した。「胃のポリープを切除した時、電気メスで手術する時の失敗する確率が〇・三パーセントであるので、万が一の場合を考えて胃の開腹手術の準備をして、その時に輸血を準備しましたが、その必要はありませんでした」などと、長々と話をした。看護師は、その都度忠実に記入していく。

いよいよ「原因で思い当たることはありますか」と言う。それが全然ないので私も困った。その後、二年ほど前からコタツに椅子の生活になった話になり、低い椅子が必要なためにキャンプ用の椅子を使ったこと、尻が深いので座布団などをいろいろ使ったこと、そして二年が経過して椅子の状態が使う人の個性によって、癖がでてきて普通の状態が変わったことなどがもしかして原因になったのではないか、と私は言った。

と、この時、思い出した。おとといのことだ。若い桜の木の枝が電話線に当たるので、桜の木を切るか枝を切るかという話になった。見てみると少し高いが、梯子を架ければ私でもできそうに判断した。それで一・五メートルほどのキャタツを伸ばして梯子にし、上部をロープ固定して登り枝を切った。細い枝を三本ほど切る予定だったが、低気圧が近づいていて風の強い日だったので一本だけにした。

そんな話をしていると、実はレントゲンを撮るかどうかはまだ決まっていない。もしレントゲンを撮ることがあれば、その後に先生の問診になると言って戻っていった。その後レントゲン室に行くことになったのである。

いよいよ先生の問診である。以下、医師のN先生と私との会話である。

N先生　仕事をされたんですか。

私　イヤーア―……その節は大変お世話になりまして、ありがとうございました。
N先生　だいぶ昔の話になりましたね。
と言ったところで、先生が「仕事」と言ったことに気づいた。
私　さっき、仕事といわれたのは、桜の木の剪定のことですか。
N先生　そうです。薬は一四日分出しておくので余ったら捨てないで持っていてください。湿布薬はどうしますか。
私　飲み薬だけでお願いします。
N先生　強力バンドがありますが、どうしますか。
私　バンドは入院した時のものがあるのでいいです。
実は先生は特注品のバンドのことを言っているのであるが、私の方ではぐらかしたのである。
とにかく先生は、一〇〇パーセント私の言い分を聞いてくれる。診察して先生は言った。
N先生　骨は大変立派でした。薬がなくなっても治らなかったら、また来てください。

ということで、お礼を言い診察室を出た。それにしても、骨をほめられたのは私の人生で初めてである。私はほめられることがないので、骨のこととはいえ、嬉しかった。

結局、N先生のチームとしては、腰痛の原因は梯子を使った桜の木の剪定で、年齢に不釣り合いな作業と姿勢をしたことだと結論づけたのだった。短い足を長いと錯覚をし、届かない所を届くと思い、風に揺られてから危険と感じて止めたものの、この作業を後日にやり直ししようとする行動は、八〇歳にもうすぐ届くようなオッサンのやることではないということを、体に痛みを感じさせることで神様が教えてくれたのかもしれない。

つまり、自分は反則をしたのだ。先生は「こうした無茶をして病院に来る人が結構いる」と言っていた。

ところで、これを書いている今は、大相撲夏場所真っただ中である。たいして関係はないのであるが、相撲好きなので少しばかり述べてみたい。

優勝決定戦で大関照ノ富士が勝ち、二場所連続優勝した。一人横綱の白鵬が進退を懸ける名古屋場所で綱取りに挑むことになる。これももちろんめでたいことであるが、今はこれではなく、反則についてである。

夏場所一一日目（六月一九日）の国技館、全勝で走ってきた大関照ノ富士に土が付いた。「まげつかみ」の反則で平幕妙義龍に敗れたのである。審判団の物言いから一分以上協議が続いた。軍配を受けていた照ノ富士は、自らの師匠である審判長の伊勢ケ浜親方が「照の富士が、まげをつかんで引っ張っており反則負け」と告げた。初日からの連勝が一〇で止まった瞬間であった。反則負けするまでは全勝優勝かと思っていたものを、千秋楽で貴景勝に負けてもう一番戦わなければならなくなり、より反則の重みを知ることとなったに違いない。

次は私の番である、一九日病院に行き、飲み薬をもらったことは書いた。その日は照ノ富士が反則負けをした日である。千秋楽まではらはらどきどきの毎日であった。私は三日間薬を飲んで痛みが取れたので治ったと判断して薬をやめた。ところが、調子が良かったのは三日間だけで、二五日からまた薬を飲むはめに……。

こうなって初めて、薬のやめ時について先生に聞いておくべきであったと後悔した。痛い所も移動したように感じた。こうなるとやっかいになる。……話も長くなるので終わりにしたい。

結局、薬は、二週間分もらって、使ったのは、一三日分であった。先生も余計なことを言う。

ウクライナ戦争と人権

二〇二二年八月一二日、朝日新聞の七面「オピニオン」に、早稲田大学教授で政治学者の豊永郁子氏が、ロシアのウクライナ侵攻に関する見解を寄稿された。豊永氏の意見について私なりにまとめたうえで疑問と反論を述べたいと思う。

豊永氏の論を私なりにまとめると、以下のようになる。

ウクライナ戦争においては、ロシアの侵攻が始まった当初から疑問が多かった。ウクライナ側の行動は理解しにくい一方、ロシアのプーチン大統領の行動は独裁者的で明確だった。ウクライナ大統領ゼレンスキーはテレビのスターから英雄になったが、信念だけで行動して結果を顧みない面があるように思え、政治家としての責任倫理については議論の余地がある。

欧米諸国はウクライナに武器を供給しロシアへの制裁を強調しているが、戦争の長期化と人的犠牲の拡大を促している。ウクライナの人権はどこにあるのか疑問だ。

プラハとパリの運命を考えると、過去の屈辱と破壊を免れた都市は、多くの命と暮らしを守ったことを感じる。ウクライナはロシアの周辺国への侵攻を防ぐために戦っている、民主主義を奉じる全ての国のための戦いだなどと言われているが、戦闘がウクライナ国土内で行われることを容認するのは非人間的に思える。戦争の長期化はプーチン氏の権力を強化する可能性もあるため、停戦を早急に実現することが重要だ。第二次大戦下に、ナチスドイツの併合に合意し大規模破壊を免れ、人々の暮らしが守られたという事実にも思いが至る。

記事の中で豊永氏はプーチンを独裁者と言っているが、ベラルーシの大統領と同じに扱っているのが私には気になった。また、ウクライナ側の行動に驚いたと書いていることにも驚いた。

ロシアの軍事侵攻なるものは、宣戦布告をしてなされるべきものではないか。国内の事情によって偽りの名称を使っていることをまず非難する。

スタートから間違っていることをまず指摘することが、学者たるものの最初に行うことではないのか。耳を疑ったと書いているのを見て我が目を疑った。

「責任倫理」の政治家のために、ゼレンスキーは「キーウに残る、最後まで戦う」と宣言したのである。その時に、欧米の指導者が勧めたといわれる亡命について、そのままに亡命をしていたら、喜劇俳優としてはそうだよなと言われ、ウクライナの大統領としては末代までの笑い者になったのである。

ウクライナは好き好んでこの戦争をしているのではなく、突然にわけの分からない戦争（防戦）をしているという実態を前提としていない議論である。こういう理屈を言うのは、ウクライナが国際的な援助を必要としているからなのだ。

米国の言っていることは、当たり前のことである。ウクライナも自らが武器を持って戦い、実力をつけてEUに加盟し、いつの日かNATOに加盟して、侵略するためではなしに――自衛のためにフィンランドとスウェーデンの後を追って一〇年か二〇年を覚悟しての言動である。

欧米がウクライナに武器を供給するのは、ロシアの理由の判然としない攻撃に対して準備の足りない部分を協力して補っているのであって、戦争の長期化とか国土の破壊とかいうことに関してはウクライナは受身であって、原因はロシアがつくったのだということを認識すべきである。

このたびの侵攻について、豊永氏はいろいろなことが少しずつおかしいと言っているので、一つ一つ検討してみよう。

①ゼレンスキー大統領が、演説でキング牧師の「私には夢がある」を引用して軍事支

援を求めたことについて。キング牧師は戦後の指導者で「非暴力主義」の人である。その言葉を引いて〝軍事支援を求めた〟のは、適切かどうかということ。

②同様に演説で大統領が引用したチャーチルの「いかなる犠牲を払ってでも領土を守るために戦う」は自国以外で戦った場合の言葉だった。それを自国で戦った場合に使ってよいかということ。

《私見》①、②とも同様に状況と使った言葉は適切ではない。それは主にヨーロッパ人が得意に使う「ユーモア」というもので、違う状況だから効果があるのである。立派なゼレンスキーさんのパフォーマンスというべきだ。欧米の各国で大いに受けているのはそのためである。

ちなみに、日本ではその「ユーモア」を使わない。その国ごとに慎重に検討して原稿を書くといわれる。犠牲を問わない戦争は、たとえ日本や旧ソ連といえども、なじみ深いものと言い切るのが適切とは思えない。このウクライナ戦争でいち早く停戦交渉を提案して交渉にこぎ着けたはずなのは、ウクライナ側だったのではなかったか。それも、戦争のほんの初期段階と記憶する。ここでは、その記憶違いを心から願いたい。

そもそもロシアが演習と称して何万もの軍隊をウクライナ周辺に展開させて、自分の国の軍隊がどこで何をしても自由ではないかと言って戦争に突入することをひたすらに隠していたこと、そしてロシアにとって最も有利と思われた日に突入したのがこの戦争なのである。

日本が全ての外地を放棄したのは第二次世界大戦に負けたからであって、日本本土の浄土化を要したからではない。

第二次大戦時にプラハとパリは、屈辱と引き換えに大規模な破壊を免れたと豊永氏は書くが、それはドイツのヒトラーの時代のことである。まるでウクライナも状況は同じではないかと言いたげであるが、そういう言われ方をするとウクライナは立場を失う。今のウクライナの状況は、この戦争に負ければロシアの属国となりＮＡＴＯとロシアの軍事的な干渉地帯の意味しか持たない国となるということだ。

国民的議論できますか？

高レベル放射性廃棄物は、原発の使用済み核燃料からウランやプルトニウムを取り出した後に残る「核のごみ」で、核燃料サイクルという国家プロジェクトによって発生する。こうした原子力を巡る政策は、少資源の日本にとって国の形を決める政策である。核燃料サイクルの経済的合理性も含めて広く国民的議論をするのが筋である――といった話を切り出したのは、元高知県知事の橋本大二郎さんである。彼の主張はそれとして、二〇〇七年に高知県で起きた核のごみの最終処分場選びを巡る騒動について考えてみたい。なお、諸経緯については、新聞記事をもとに私なりに要約したものを掲載する。

高知県の東端に位置する東洋町には約二三〇〇人が暮らす。ポンカンやコメの栽培が盛んで、多くのサーファーが訪れる美しい海が自慢の町だが、人口減が続き、財政は厳しくなる一方だった。東洋町は二〇〇七年に最終処分場を選定するための文献調査に応募した。この調査によって多額の交付金が出るためだ。しかし、田嶋裕起元町長が秘密裏に応募を模索していたという経緯もあって、町民の多くが反対署名に加わり、田嶋氏が出直し選挙で大敗。最終処分場への応募は撤回された。

東洋町に住む七〇代女性は「人が少なくなり町が貧しくなっても、核のごみがあるよりはましだった」と話すが、「どうせこの町は数十年後（人口減で）なくなる。ちょっとでも町が潤うなら交付金をもらった方がよかったのでは」と指摘する町民もいる。処分場誘致をめぐって住民分断の危機のあった町には、今もしこりが残る。

（参考　岩手日報二〇二〇年九月二三日）

この問題が持ち上がった時、私は公務員を卒業して民間企業にいた。文献調査はこの先何十年もかけて民意を拾いながらプログラムを進めるものなので、たかだか二年の限定調査で、ましてや書類調査の段階で将来この町が核の最終処分場に確定したらどうしようなどとの議論までになること自体が異常なのである。それでも、プログラムは動き出した。

日本の民主主義は、これで新たな局面を迎えスタートしたのである。元町長の田嶋さん、あなたはこの解決の難しい問題に果敢に挑戦して、出直し選で敗れたけれども、輝かしい功績として後世に語り継がれていくはずだ。

核のごみの最終処分場選定を巡り、経済産業省は二〇二〇年一一月一七日、北海道の寿都《すっつ》町と神恵内《かもえない》村での文献調査の実施に向けた、原子力発電環境整備機構（NUMO）の事業計画変更を認可した。機構は同日から調査を開始したと明らかにした。調査期間は二年で、両町村にはそれぞれ最大二〇億円が交付される。文献調査が実施されるのは全国で初めてである。

文献調査は処分場選定手続きを定めた特定放射性廃棄物最終処分法に基づく三種類の調査の一つ。地質図などを調べて、処分場に適さない場所がないかを分析するのが目的だ。経済産業省は、住民らに処分事業を理解してもらうための「対話活動の一環」の側面もあるとしている。また調査地域の首長や都道府県の知事に意見を聞き、反対の場合には先に進まないことになっているという。

このテーマは順調に進んでも二〇年かかる。トイレのないマンションなどと言われながらも、最終処分地が決まり処分場建設が始まっているフィンランドでは、十数の自治体が手を挙げ、絞り込まれていった。その際、情報共有の徹底など地道な努力を積み重ね信頼を築いたという。核のごみの問題は、原子力で電気を得た世界の国全てが解決しなければならない。先送りはせず、処分の見通しを付けることは現世代の責務である。

国は今、どんなことをしているかを書いて一応の区切りとしたい。北海道の北部に幌延町があり、そこに放射性廃棄物の地層処分に関する研究を行う施設がある。地下三五〇メートル、延長七六〇メートルの坑道がある研究施設である。

Ⅱ　親愛なるC先輩へ

その一　読んでもらいたい本「漁火のりお商店」

拝啓

今年は東北北部の梅雨明け宣言はありませんでした。異常気象で熱中症に注意してください。新型コロナの注意とダブルで、たいへんですね。岩手でもコロナ感染者が二桁になりました。これこそ時間の問題というべきものです。

さて、去年の秋に息子と三人で遠野に行くことになったのです。車内の話で私は遺言を書かないと言った時、遺言はいいから何か書き残してくれということになりました。私は個人的な考えで、小学、中学は友達と一緒の方がいいからと家を建てて、単身赴任をすると決めてそうしたのですが、その道は正しい選択だったのか今でも分からないのです。ともかく私はそういう負い目を埋めようと、私の過去の出来事を書くことを承諾したのでした。

話は前後しますが、遠野は息子夫婦が第二の人生の舞台に選んだ所なのです。二人の職業は国家公務員でしたが、どこでどう知り合ったのかは知らないのですが民宿を買い取ったのです。場所は早池峰神社の近くで、広い土地を二足三文の価格で買えたようですが、それはほぼ建物の値段のようでした。

人間が人生という時間を生きれば一つの物語だけは書けると、何かの本で読んだことを思い出しました。そうだ、物語を一つ書いて、読者は息子一人とし、発行部数は二部で非売品として本を作り、作家としてこの人生を終えることにしたのです。

そういうわけで、C先輩には、勝手ながら私のこの企画の詳細をご報告します。物語の題名は「漁火のりお商店」。仮称ですので変えるかもしれません。完成は二〇二三年の予定です。内容は、本流の部分は建設大学校にいた頃のことから始めて今も現役の趣味のこととし、支流としては私の人生を書きます。

先輩には、縁があった後輩が辿った悲しくも美しい（かな?）人生を非売品で読んでもらって、できれば楽しんでもらえたら、こんなに嬉しいことはありません。手紙は年四本とし、二年で終了します。読んでもらうのは支流の部分です。内容はほぼ書き終わっていますが、校正がまだできておりません。今回はその第一回目ですが、三カ所ほどの直しがありました。原稿の貯めが先行し、雑なのです。なにせ後期高齢者ですので、いつどうなるか分かりませんが、目標があればなんとかなると思ってスタートします。初回から飛ばし過ぎて息切れするといけませんから、この辺で失礼します。

「顔こすり健康法」は、あの日から続いています。回数は一〇〇回です。

敬具

二〇二〇年秋

【補足】この時、C先輩にはこちらの手紙をつけて、本書にも掲載した「歴史から消える部分」の高校受験の顛末を送った。

その二　近江商人の教えと女川原発

拝啓
秋も深まってきました。すこやかにお過ごしのこととお喜びを申し上げます。

前回は人生にいきづまり、高校進学を志して多少のスッタモンダがあったことを書きました。今進めている私の生涯でただ一つの物語のスタートとしては、まあまあなのかなと思います。

題名の「漁火のりお商店」ですが、これはもちろん冗談です。ですが、冗談も何回も書いているうちに正規の題名になっていくこともあるのでしょう。

漁火について、はじめにの終わりの辺での一文を抜き書きすると、ある人の文に「漁火は遠目で見れば、ロマンチックでもあるが、近目で見れば、もしかしたら命を懸けている人が存在しているかもしれないのである」という件《くだり》があります。また、商店というのは、私の趣味のことで電話一つあれば成り立つ商売をしているということであります。

題名については、そんなところです。

前回、私が一時勤めていたF商店の話で近江商人の末裔であると書きました。近江商人の基本精神は、聞くところによると、「あなたよし、私よし、世間よし」の三方よしだということです。F商店の主人はF・Dといい、先年亡くなったので、私が今、彼の評価を言うべきでないのは分かっています。しかし、近江商人の名誉という一点について、先輩に聞いてほしいことがあります。

話はこうです。F商店時代の恩があるTさんについてです。

彼は、F・Dさんが通った黒沢尻中学、今の県立黒沢尻北高校の三年生の時、神戸で列車事故により父を亡くしたのです。彼は長男で、下に三人の弟がいました。家庭の事情により生活保護を受けることになったのです。その結果、彼は高校を退学したのです。

問題はこの処理についてです。彼とF商店との関係は詳しくは知りませんけど、遠い親戚ではなかったかと推測されます。そうであれば彼を卒業させる手段はなかったのか、主人の気持ち次第でどうにでもなったのではないかと思うのです。

学校の退学と卒業の問題はそれほどのものではないという見方もあるとは思いますが、本人にとっては、一生引きずる問題であったろうと思います。田舎の小さな社会では案外大きな問題であったろうと思うのです。働き手を増やすためにわざと退学の道を選ばせたのではないかと、商人のずるさを思うのです。これは近江商人の精神ではないのではないかと。


最近の東北での私にとっては明るいニュースは、女川原発の再稼働ができそうだということです。東北電力では、三・一一東日本大震災での地震災害や津波災害は比較的小さいものでしたが、民意の動向という点で慎重だったことと、原子力規制委員会の審査を待って一〇月二二日の宮城県議会が同意しました。

地元の女川町長や石巻市長、それに宮城県知事との三者会談を経て、一一月中にも再稼働の同意を表明する予定だと地元新聞が報道しています。東北電力は安全対策工事が完了する二〇二二年度以降の再稼働を目指すとしています。原発もいろいろいわれていますけれど、安全であれば温暖化のこともあり、大事なエネルギー源であります。

最後に「顔こすり健康法」について、また一言書くことにします。私のやり方は、一日で行うべき回数を二回に分けて、朝の洗面の時と夜の入浴の時に五〇回ずつが基本ですが、しっかりできないことを前提に、補正として一〇回加えていることです。

これは私の拘りです。

次回の手紙は二月頃を予定しています。それでは、この辺で失礼します。

敬具

二〇二〇年一一月二日

その三　東京五輪と年寄りの悶着

拝啓

年が明けまして早くも二月です。寒い日が続きますが、日によっては三月のように暖かい時もあり、やっぱり春が近づいてきているのが感じられます。

この冬は雪が多いようで、盛岡市では除雪費が足りなくなり、除雪に例年の二倍もかかり八億円の追加を議会に提案をするとか。また高速道路の積雪による車の渋滞が発生し災害派遣を自衛隊に要請したとか、いろいろ例年にないことがありました。

さて、アジアではヤンマー（注・原稿ママ）でクーデターがあり、スーチーさんがひきいるＮＬＤが国民に向かって、軍政を認めないようメッセージを発し一一日の今日警察官が制服でデモに参加。また国家公務員もストライキに入るのに対して、軍はリーダーを見つけ出して厳重に対処するとコメントしました。近頃は、力と力の対決の様相を示してきているようです。

さてさて、国内の問題もいろいろありますが、東京五輪・パラリンピック組織委員会の森会長が三日の日本オリンピック委員会の臨時評議員会で「女性がたくさん入っている理事会は時間がかかる」などと発言。翌日に撤回して謝罪しましたが、一週間経っても批判の声がやまないようです。東京都によると、一〇日夕方までに森氏の発言に抗議する都民からの意見は累計で一六九〇件に上り都市ボランティアの辞退は一二六件となりました。

先輩もご覧になったかもしれませんけど、テレビの「サラメシ」の時間にテロップが流れて、森会長の辞任を伝えていましたね。

政治家は恥ずかしいだけでは辞めない。そんな上等な神経は持ち合わせていないのです。しかし、ボランティアの参加辞退や抗議電話、海外からの批判があったようです。

一二日、朝刊のトップ記事は、「森五輪組織委員長辞意　きょう表明　女性軽視発言で引責。川淵氏を後任指名、受諾」といった見出しでした。

新会長の川淵氏は、「それは言うなと家族に言われているが」としつつ、「森さんが八三（歳）、俺は八四、またお年寄りかと言われるのは不愉快。年寄りだろうが、何だろうが、良い仕事ができるぞ、と言いたい」と話していました。

年寄りの話が出たところで、ここ二年ばかりですが、なんとなく気づいていましたがどうも気温と腰痛が関係しているのではないかと思うようになりました。とうとう薬の世話になりました。昨年の暮れからのことです。ここでも、娘とひと悶着ありました。

娘の言い分は「医者に行け」です。私の言い分は「うるさい、市販の薬でもいいものがあればいいではないか」と、いつもの親子喧嘩です。薬はよく効きますし、処方は日に三錠と書いてあります。最初の日に三錠飲んだら朝まで効いていました。これは効き過ぎでは？　そこで今は、日に何錠までが適当か調査中です。

これだから、年寄りは嫌われるのだなと言われそうですが、私は比較的若い時からなんでもないことをさらりと書ける人はいいなと思っています。それは駄文というんだと言われれば、それまでですけれど。

おあとがよろしいようで。今回はここまで。

二〇二一年二月一二日　次回は五月頃に。

敬具

その四　ミャンマーに訂正と甘酒作り

拝啓

あっという間に桜の季節が過ぎました。いつも感じることですが、春は来たと思ったらすぐ夏の季節になってしまいます。今年もそのようです。そうして齢をとっていくのですね。

さて、前回の手紙でミャンマーを「ヤンマー」として書いて手紙を出してしまいました。現役の時にヤンマー農機と共同開発したことがあり、それは国名とは違うことは知っていたのですが……。ミャンマーの旧国名はビルマです。中学二年頃だと思いますが、隣町の黒沢尻まで四キロ（学校行事）を歩いて、映画「ビルマの竪琴」（市川崑監督）を見ました。

　僧姿の旧日本兵の水島に「一緒に帰ろう」と言う同年兵に、「やることがあるから、今は帰れない」と、本心を言えず返事もできず無言で立ち尽くす、感動的な場面を思い出します。ミャンマーは南伝仏教（上座部仏教）国であり、宗教に何の知識も関心もない軍部の暴走が隣国タイと同じく成功すると考えたことが大きな原因の一つと考えられます。タイは国民の信用をなくしたといえども、今でも王国です。

　ビルマの隣に大国インドがあります。ご存じのようにソフトパワーで英国から独立した、ガンジーの国です。今は世界中が揺れている時代に突入した状態のように思います。


　さて、先月の八日に岩手日報の声欄に「飲む点滴、甘酒作り楽しむ」の題名で、盛岡の主婦の投書があり、作ってみたら本当においしかったのです。作り方と私なりの補足を書きますので、興味があれば参考にしてください。

麹の量六〇〇グラム、お粥の量一合、お湯の量と温度は一・八リットルと五五度〜六〇度の保温時間で七時間（麹の会社の説明書を参考に）、かき混ぜ回数二、三回。

保温方法は、容器に毛布を被せ、電気コタツの最低温度で保温。

私の場合は、この方法で失敗はありませんでしたが、もし失敗するとしたら温度管理の問題とかき混ぜを忘れることぐらいしかないと思います。このレシピでできる甘酒の量は、日に三度飲んでも一週間以上になります。量は麹によりますが、たぶん関東のスーパーでも一袋は六〇〇グラム（米麹）ではないかと思われます。

余計なことかもしれませんが、市販の甘酒を飲んでみましたが、手作りの方が格段においしく感じます。

今日からは大相撲の夏場所が始まります。

大関照ノ富士と千代の国を応援します。

次回は八月頃を予定しています。ごきげんよう。

敬具

二〇二一年五月九日

その五　オリンピックとミャンマーを取り巻く情勢

拝啓

今日はオリンピック最終日です。毎日金、金の、つまりゴールドラッシュとはこういうことか、と感嘆します。暑かった今年の夏も、朝の洗顔時の水道の水の温度は冷たくなっていました。岩手では例年ですと、お盆の一三日頃には秋の涼しい風となります。

さて、オリンピック開催で大きな問題になったのは、新型コロナの蔓延の問題でした。専門家の指摘の通りの進行となり無観客の開催となりましたが、それなりの盛り上がりで私自身は楽しんでおります。日本人選手も、せっかくの本国開催なのに観客の応援がないのは、ちとさびしい気分でしょうが、日の丸をしょって頑張っている姿は頼もしく気持ちがいいですね。

この頃の柔道では組み手争いが全体の時間の大半で、こんなのは柔道ではないと憤慨し見ていたのですが、世界の柔道はレスリングに近く、自分の得意な組み手になるまで我慢をすること、力の柔道を認めることなどを取り入れています。美しい柔道ばかりでは勝てないことを学んで強化合宿をした結果が、今回の金の大量取得になったと理解しました。

男子の団体戦ではフランスに決勝で負けて銀メダルになり残念ですが、日本はフェッシングでは金を取りました。スポーツ競技の国際化というのではないでしょうか。

それから女子ソフトボールの金。野球の金。

今回の五輪で特に面白いと思ったのは若い力のスケートボードの金。競技の採点方法の特殊性もあるでしょうが、ライバルであるはずの競争相手に健闘を称えて集まるその姿は、真の姿のスポーツを見る思いをしました。

二〇二一年八月四日の朝日新聞にミャンマーのクーデターから半年、の記事がありました。。

国軍は抵抗する市民を徹底的に弾圧し、犠牲者は九〇〇人を超えました。事態が好転する兆しを見出しにくい中で、国際社会はどう対応すべきか、記事を要約し私の意見を述べます。

★前駐ミャンマー大使　樋口建史さん

主張「国軍に人脈日本は生かせ」

クーデターの背景にあるのは、国軍の政治的立場への危機感と野心です。

国軍の国家運営が破たんしない限り、ミャンマーの真の民主化はないように思われます。まずは暴力の停止やスーチー氏らの解放を直接働きかけること。日本にしかできない役割があるはずです。

★インドネシア元外相　マルティナタレガワさん
主張「ＡＳＥＡＮの連帯正念場」
情勢は日に日に悪化していて、もはや破滅的な状況となっています。世界には一国の問題が地域的問題となり、さらに世界的な問題となって大国が介入した事例がありますす。米国や中国、インド、ロシアなどは情勢に関心を寄せています。
★国連人権特別報告者　トーマス・アンドリュースさん
主張「経済制裁足並みそろえよ」
国軍の外国からの収入源を特定し、その資金の流れを断たなければなりません。「私たちは不服従運動を通じて国軍に制裁を科しているのです。それによって経済的な犠牲は強いられていますが、国際社会に望むのは制裁が効いて勝利するための支援です」

ミャンマーの報道が少なくなって、どうしたのかと思っていたので、ついこの記事に興味を覚えてしまいました。次回は一一月か。ごきげんよう。

二〇二一年八月八日

敬具

その六　先生のあだ名と私の一日の標準時間

拝啓

今日は立冬のようです。暦と現実が一致するのが、この日だけのような盛岡であります。今年はミャンマーのクーデターがありましたが、国民は軍に抵抗して政治が麻痺の状態にあります。政治は「信なくば、立たず」です。ミャンマーには春の訪れとともに、民衆の革命が成就することを願っています。

国内では新型コロナで大変な時に、オリンピック・パラリンピックという世界的なイベントがあり、それでかどうかは分かりませんが、日本では政権の交代がありました。運も実力の内と申します。たぶんそうなのじゃなかろうかと私も思います。

春に二階から一階に部屋替えを行いました。机の移動に伴い大工仕事なども発生して、久しぶりの大仕事をして大変でした。しかし、いいことがありました。高校一年生の時の文集が見つかったのです。

それは「ともしび」です。それには私の文章が載っているのです。飛び上がらんばかりでした。表現がちと大げさでした。本当に飛び上がっていたら着地に失敗して怪我をしていたでしょう。それはともかく、思い出して書くのではなく、本物が出てくるとは思いませんでした。

でも、当時のものは縦書きであります。それは、現在でもそうなのですが、縦を横に置き換えればいいわけでもなく、繰り返しの表現、文字の使い方とか漢字やかなの使い方、また教育的な配慮から書き手の思いを尊重した校正などを感じながら、なつかしい国語の先生を思い出しました。

国語の先生のあだ名だけは忘れません。「汽関車」というのです。その昔、たぶん若い頃でしょうが、新任教師として黒工にきて挨拶したその時に思わず口から飛び出したのが「汽関車」だったようなのです。実は、先生はボイラーの運転資格があって、「君たちと同じ技術者を目指していた」こともあるくらいのことを言いたかったのを、つい慣性の法則を忘れて勢いづき、『汽関車の運転ができる』と言ったのが運の尽きで、伝統として愛情の深い本校の生徒の餌食となったのでした。

つい横道に入りました。私も教師になっていれば脱線が得意の優秀な先生になっていたはずです。それはともかく、先生の授業は情熱的でした。とはいえ、国語の文法の四段活用など、今では何のことやら分からないほどに完全に返納しているのでありますが。血となり肉となったのならともかく、脂肪にしかならなかったでは、先生、ほんとにすみませんでした。

……こんなことを書くのではなく、そうです、思い出しました。文集の、私の書いたものは宿題だったことが分かったのです。たぶん夏休みのそれだったのでしょう。

さて、話題を変えましょう。

私の日常について少し書いてみましょう。朝の起床は五時四五分頃が標準時間です。普通の家庭より早いと思います。娘が同居しているのですが、介護施設に勤めていることと、孫の次男坊の高校二年生がいるためです。近所で私の友達だった人たちが今の私の年齢の時は、一〇時起床で朝飯と昼飯は一回で済ませ、通常はこの食事と夜は酒を飲んで寝るという生活の人もおりました。

それから九時まで新聞やテレビを見ます。九時のニュースは必ず見ます。それは、気象情報の後の株の情報を得るためです。それが終わると散歩に出かけるのが通常でしたが、ここの一、二カ月は朝の散歩をやめて株の売買をやることが多くなりました。怠け癖のために午後の散歩にしたのです。九時の散歩は、約二、〇〇〇歩の距離ですが、午後の散歩は半分の一、〇〇〇歩ほどになります。九時の時は、帰りは近所の友達と帰れるし、もうすぐ大相撲が始まるので相撲談議ができることと、雪道になると運動量が減るため、九時に戻すか決断をしなければなりません。

昼飯は一二時で、一〇時と三時はコーヒータイムで饅頭を食べます。夜は六時頃から風呂に入り、八時か九時頃酒は飲まずに寝ます。

次回は三月頃に。ごきげんよう。

では今回はこの辺で。

二〇二一年一一月九日

敬具

その七　思えば歳を重ねても気になること

拝啓

いつの間にか日が延びて春が近づいてきているのを感じます。この間の大雪で我が家の檜の木が倒れました。幹の径が一〇センチ以上あったのに、春の雪は重いんですね。

さて今年は七月の末で私も八〇歳になります。思えば長く生きたものです。仏教的に言うと、「私は生かされている」というんでしょうかね。

二月の初め頃、家族にせかされて病院に行きました。脳神経外科です。そこで脳の写真を撮ったところ、特に異常はありませんでした。しかし一生涯持つ病名をもらいました。パーキンソン病なのだそうです。この病気は手の震えが伴うのが普通なのだそうですが、私はその震えがないのです。「しいていえばパーキンソン」と、医師の説明はなんとも歯切れの悪いものでしたが、いろいろな検査をやらされた結果、そのように決まりました。

この手紙を書くのもあと一回になりました。今回も、次回は三月頃と書いて通常より一カ月ほど余裕があったのですが、大相撲の春場所と、ロシアのプーチンの馬鹿野郎のせいで、今、本当にあせっているのです。

私にとっても、つらいことを書かなければなりません。ロシアのウクライナ侵攻についてです。

三月二九日に五回目の停戦協議がトルコのイスタンブールで開かれて、停戦協議中立化を巡り進展と、新聞では太字の見出しで少しは明るい雰囲気を出しています。しかし、そもそもはロシアが演習と称してウクライナ周辺に軍を集結させ、ベラルーシ独裁政権を巻き込みベラルーシ側とロシア側、それに黒海側の三方向から突然に戦争を始めたのが、この戦争なのでした。

突然というのは世界の大方の見方で、ロシアとウクライナは、七年前クリミア半島とウクライナ東部のルガンスクとドネツク州の一部がウクライナから差別を受けているという理由によって、ロシア派武装集団というロシア正規軍により分取られた部分とのいざこざが続いていました。当事国にとっては突然ということではないのかもしれません。

ロシア軍がウクライナに進軍した頃は、あっという間に制空権が奪われて、ロシア軍が難なく制圧して、ウクライナは一週間で敗北してしまうと思った瞬間もあったのですが、どっこい制空権が残っており、かつ反撃しているという情報に変わった頃の朝日新聞に、プーチン氏の二重の誤算の記事が載ったのです。「ニューヨークタイムズ」三月四日付電子版「コラムニストの目」のポール・クルーグマンなる人の手によるものでした。このコラムニストの能力は、相当高いものであると思いました。しかしこの記事が私のコピー機のA４判に入り切りません。苦戦すること延べ三日かかりました。それでこの人と己の能力差が分かったのです。汚いコピーですが敢闘賞として許してほしいのです。

テレビを見ていると、解決しそうになった時が一番の争いになるとのことであるらしいですね。いわゆる陣取り合戦です。朝鮮戦争の時もそうであったと解説者が言っていました。このたびのロシアのウクライナ侵攻は、「二一世紀に二〇世紀の戦争をした」とか、第三次世界戦争だとかいろいろ言われていますが、ウクライナのすばらしい戦いがあったとして、世界の人々の記憶と歴史に残ることは間違いないと思います。


ここで、七回目の手紙を終わるに際して、執筆中の本のこれまでの経過報告をしようと思います。

まずは題名から。「漁火のりお商店」から「ネギ・山次郎の始末書」に改題。本流部分から「第一部　人生」、支流部分から「第二部　趣味」にしようと思っています。

今回は急ぐので足りない部分は次回にします。ごきげんよう。次回は八月です。

二〇二二年三月三一日

敬具

エピローグにかえて……タイトルの由来について

拝啓

暑さも峠を越したと言い切ってかまわないような岩手の状況かと思います。先輩のお身体の状況はいかがでしょうか。私の企画と称して年四回、この終活へ至る経過や日頃気になっていることなどのほぼ全ての内容をお届けさせていただきましたが、いかがだったでしょうか。ご迷惑だったのではないでしょうか。今頃になって、そんな気もしているのです。

さて、この頃の生活について書きます。パーキンソン病と診断されてから半年ほどになりますが、薬も増えて体の調子はよくなり、日常の散歩などやスクワットなどの筋肉運動もそれなりに行っております。そして一番に変わったことは、今月の半ば頃から、日本棋院盛岡支部の会員になったことです。八年ほど前には旧友会と称して建設省ＯＢで行っていましたが、四人のうち一人が癌のため入院した段階で、会は解散していました。

そして日曜ごとにＮＨＫの囲碁トーナメントを見ておりましたが、土が乾き切って水を求めているような状態だったのでしょう。盛岡にいる中学の級友であるＩに電話をして囲碁の話をしているうちに、最近新築した教育会館に辿り着いたというわけなのです。

土曜日と日曜日に二回の大会に参加して全敗、木曜日に参加して五段の人から一勝、昨日の火曜日は初心者講習会が午前中にあり、「あなたと同格の初段の人が大勢いる」という情報を得て行ったところ、女性の初段三人と対局し全勝して、男の二段には快勝しました。「あなたは四段の実力だ、初段の人とは（対局を）やらない」と言われて、二段との対局をお願いしますということになり、握り（ハンデなしの互戦、黒白どちらの石を持つかから決める）で二段の人とやったら二敗しました。

「やっぱり、あなたは二段で私は初段です」

入会時の段は会が決めるのですが、個人では勝手に直せない規定になっているらしいのです。それは入会の際に言われていたことでした。
ここでいったん話題を変えて、株の勉強会に使った名前「ネギ・山次郎」について書きます。
故サトウサンペイさんの四コマ漫画の主人公「フジ三太郎」をイメージしました。
フジ三太郎を模して以下、
富士・山太郎
ネギ・山次郎
・・・
カーネギー・山次郎
ネギは、アメリカの鉄鋼王カーネギーのネギを使い、私「のりお」は次男なので太郎はふさわしくない。そこで次郎を、というわけで、「ネギ・山次郎」なのです。
その昔、中学の三年B組の生徒会長のMと級長の私の二人だけの会話で、今の家の経済力とかその他一切の条件を外して、将来の希望だけを言おうということになったのです。私は就職する立場ながら、「弁護士、物理学者、大金持ち」と言いました。

ところが、Mが何と言ったか、まったく覚えていません。私に言わせておいて自分は何か話をそらすかして、結局は言わなかったのではないかと思います。

夏の甲子園で優勝した時に、「青春は密」だと仙台育英高校の野球部の監督の言葉がありました。本当にそうです。

私が言った希望は、今で言えばプロ野球選手とか、サッカー選手とか、歌手になりたいとか言っているのと変わりはないものでした。あの時、Mは学校の職員室では黒工ではなく、大学に行くために黒沢尻北高校に進学するということが話題になっていたらしいのです。そのことは生徒の間でも知られていましたが、彼の家では「高校まで」と、その点は譲らなかったということでした。

話が前後しますが、私がなぜ「弁護士、学者、金持ち」と言ったかという説明が必要ですね。それは、弁護士は我が国で一番取得するのが難しい資格だから。学者については、ぼんやりと夢見ていました。家の二階の板壁の隙間から入ってくる光の束の中に浮かんだ空気中のゴミを見ていたようなものです。自分の将来の姿――学者のイメージは、八〇歳の今でも思い出としてよみがえってきます。二階の部屋には椅子と壊れたバイオリンがありました。金持ちは、アメリカの鉄鋼王「カーネギー」の本を愛読していたからか、貧乏人の悲しさから金持ちに憧れていたのかもしれません。

今後のことを書くと、年に一度ほど便りを書こうと思っております。八月三一日の夜がふけていく。明日、郵便ポストに入れます。

敬具

二〇二二年八月三一日

著者プロフィール

高橋 則夫（たかはし のりお）

昭和17年７月29日岩手県生まれ。
昭和33年４月　中学卒業後集団就職で上京し、浦田精機株式会社に入社。１年半で退職し帰郷後は販売業などに従事。
昭和35年４月　岩手県立黒沢尻工業高校（定時制）入学、在学中に初級公務員試験に合格。
昭和38年４月　建設省関東地方建設局へ入局。東京機械整備事務所に勤務しながら東京都立向島工業高等学校へ通い、翌年３月に卒業。
昭和43年３月　千葉工業大学機械工学科卒業。
その後、東北技術事務所にて土木建設に関する技術開発などの業務に携わる。
昭和63年、「第47回科学技術庁主催注目発明」にて「最高水位計」が、平成元年、「第48回科学技術庁主催注目発明」にて「デリニエータ清掃装置」が注目発明に選定され、科学技術庁長官より選定証を受けた。
平成11年４月１日　建設省を退職、現在に至る。

ネギ・山次郎の始末書

2024年12月15日　初版第１刷発行

著　者　高橋 則夫
発行者　瓜谷 綱延
発行所　株式会社文芸社
〒160-0022　東京都新宿区新宿1－10－1
電話　03-5369-3060（代表）
03-5369-2299（販売）

印刷所　株式会社フクイン

ISBN978-4-286-25830-0　JASRAC 出 2407478－401